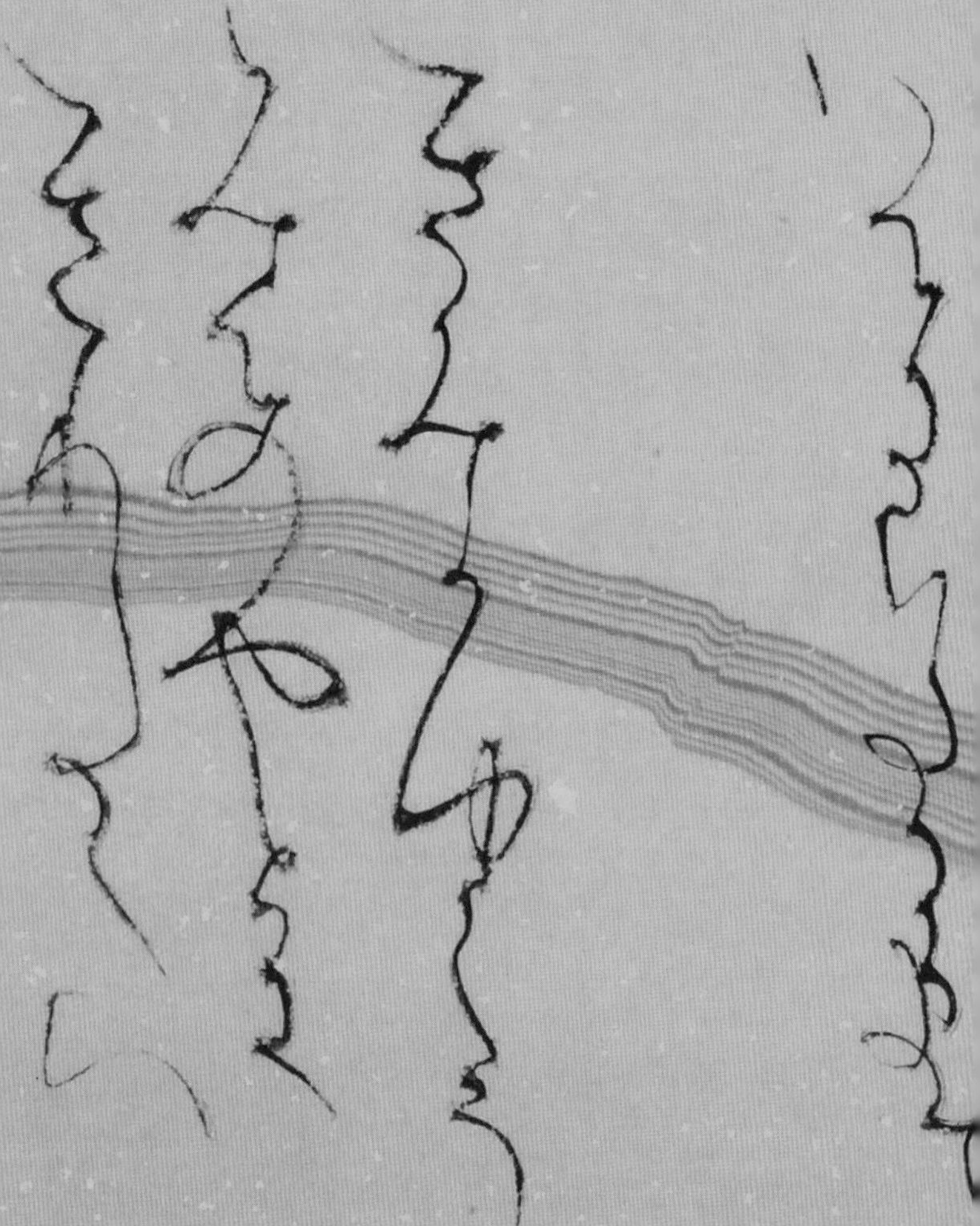

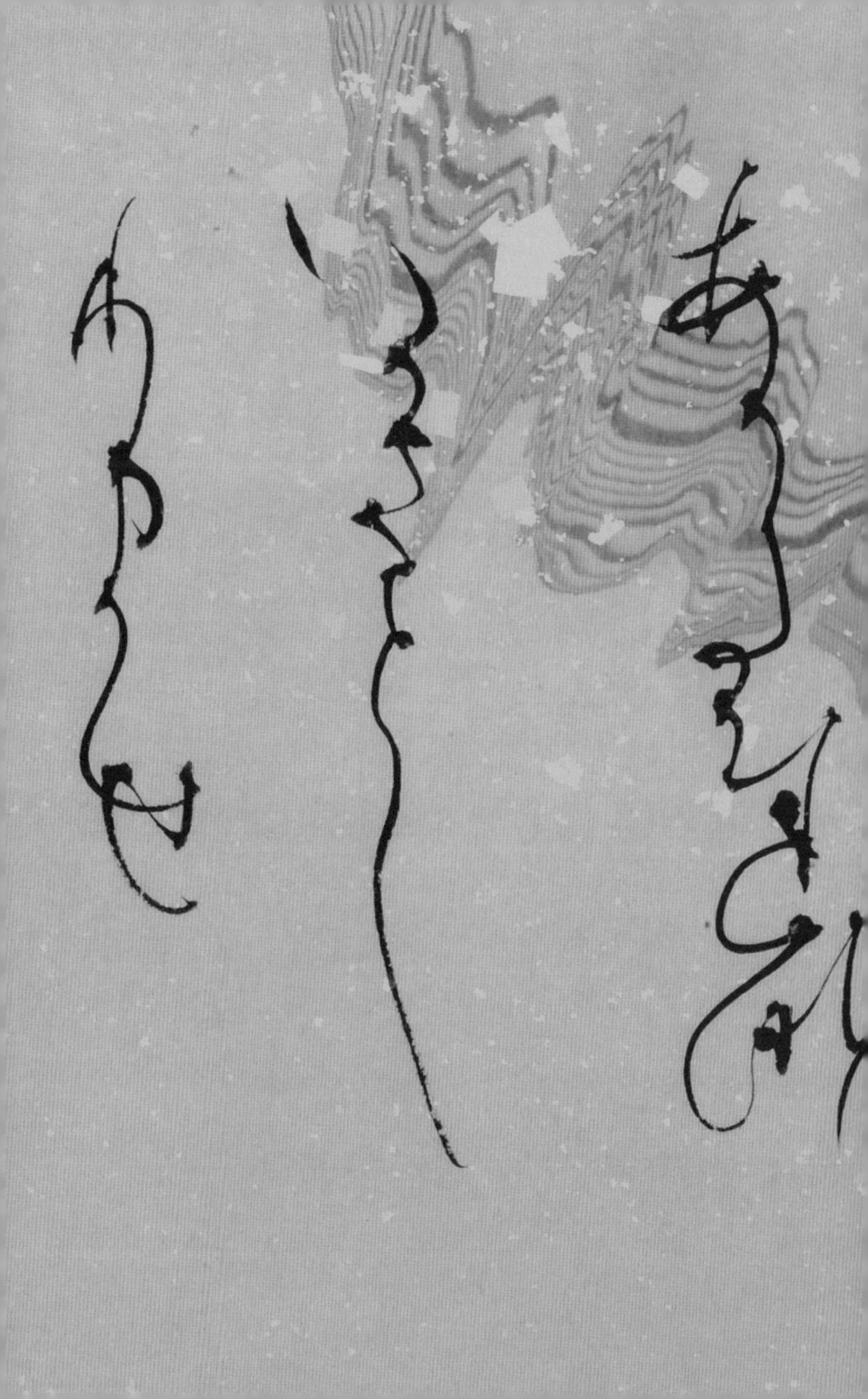

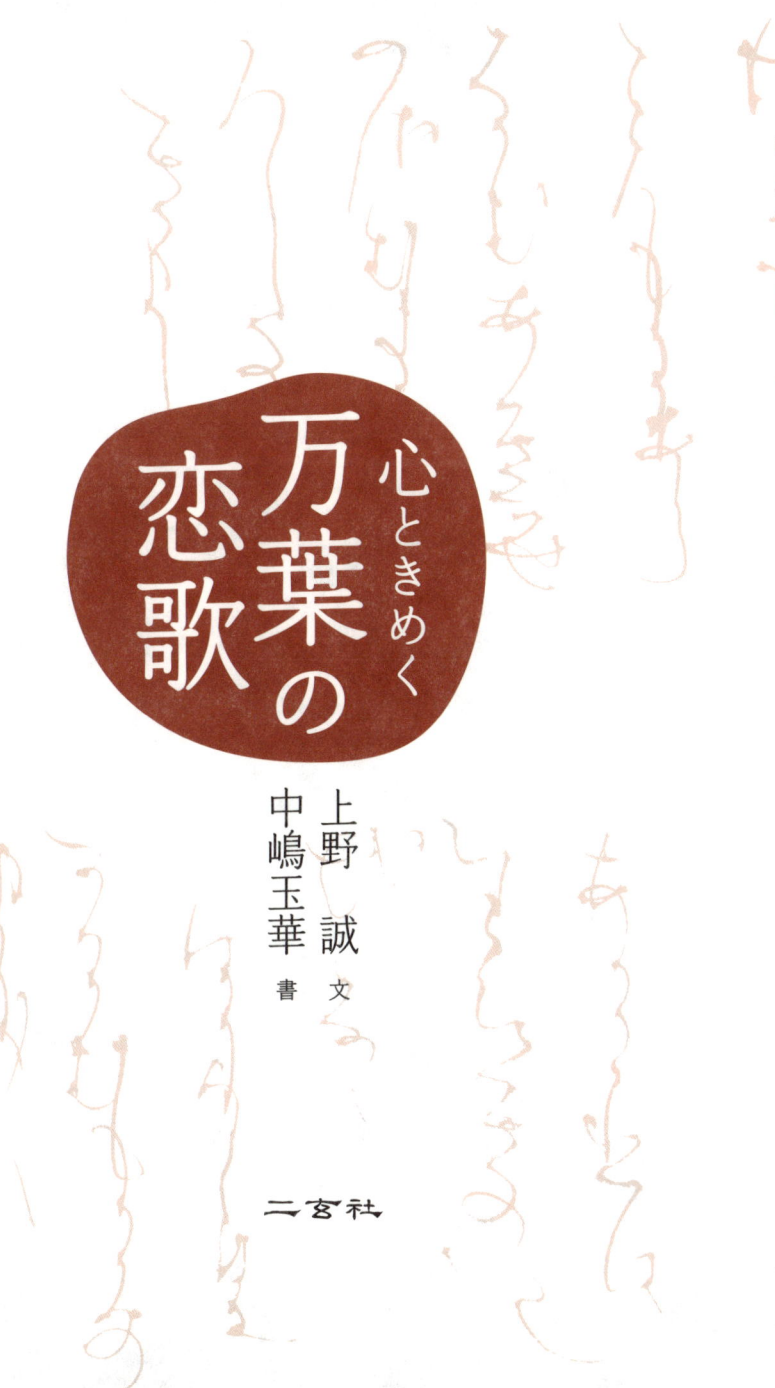

# 心ときめく 万葉の恋歌

上野誠 文
中嶋玉華 書

二玄社

# 書に何を見るか ──序にかえて──

こんな経験をした人はいないだろうか。

今日は、兼ねてから見たいと恋焦がれていた絵画展。会場に入り、楽しみにしていた絵をよく見ていたつもりなのだが……会場を去ってみるとまったく印象に残っていない。心に刻まれていないのだ。心に何も残っていないのだ。考えてみると、必死に見ていた(読んでいた)のは、絵ではなく、解説パネルの方だった。ために、絵をゆっくりと見ていなかったのである。つまり、絵に関する説明を知識として知らなくてはならないという強迫観念から、絵よりも解説のパネルの方についつい気をとられてしまうのである。しかし、今日は、絵を見に来たのではないか。これでは、本末転倒である。絵は知識で見るべきものではないはずだ。だから、私は本書を読まれる賢明なる読者におかれては、次のことをお願いしたい、と思う。

まずは、中嶋玉華先生の書だけ見てほしい。その線の優美さ、墨色の美しさを見てほしい。変体仮名が読めなくてもかまわない。それを一幅の絵として見てほしいのである。書には書の美があるはずだ。

次に、私が示した書き下し文と中嶋先生の書を対照してほしい。そうすれば、歌人と書家の息づかいのごときものが、徐々に感じられるはずである。この歌をこう造形したのかと考えながら見てほしい。そうすることで、行どりや筆づかいの妙を知ることができよう。

その上で、私の文章の最後に示した訳文を見てほしい。その訳文と書き下し文を対照して、得心したら、もう一度、中嶋先生の書を見てほしいのである。さすれば、最初に見た時と味わいが変わってくるはずである。つまり、ここで初めて歌と書が一体のものとして鑑賞できるはずなのである。

以上のことが済んでから、私の解説文を読んでほしいのである。すると、歌の味わいというものも伝わってくる。歌の妙味を知った上で、もう一度、中嶋先生の書を見た時に浮かび上がってくるものがあるとすれば、解説をつけた筆者、これを無上の歓びとする。七世紀と八世紀を生きた人びとの歌ごえを伝える『万葉集』。その万葉歌を現代の書家がどう捉え、それをどう表現したかを味わってほしいのである。

文字というものには、いうまでもなく用（はたらき）というものがある。つまり、意と音を伝えるということが文字の用である。その用を果すために、体（かたち）があるのである。これが字形である。ところが、その用と体を越えて美を求める心が……書の心なのである。ならば、その用と体をどう見て、美を造形したかを考えなくてはなるまい。これこそ、書に、われわれが求める用体なのである。

私は、この解説文を、読者の知識を増やさんがために書いたのではない。だから、私は歌の心を伝えることに全力を注いだ。したがって、それぞれの解説文を一つのエッセイとして読んでもらって結構である。あぁ、こう考えるとおもしろいね、と言ってもらえればそれでよい。話を冒頭に戻すと、近代的思惟の弊《へい》は、知識を偏重して感じることを疎んずるところにあると思う。だから、本書は万葉歌人の心と、書を成した人の心を感じ取れるように工夫して編集した。私の拙い訳文と解説が、書の美を愛する人の鑑賞の一助となることを願ってやまない。

若草山を望む研究室より

上野誠しるす

心ときめく万葉の恋歌　◆目次◆



一章

## 四季に寄せ、花に寄せて　9

## 二章　淡き恋、熱き恋

三章

## 想う人、想われる人

一章

# 四季に寄せ、花に寄せて

春雨《はるさめ》に
衣《ころも》はいたく
通《とほ》らめや
七日《なぬか》し降《ふ》らば
七日《なぬか》来《こ》じとや

（作者未詳　巻十の一九一七）

「いたく」はひどくという意味である。そして、「通らめや」には、春雨は夕立とか、嵐のように、ぼとぼとに濡れてしまうということはないでしょ。下着まで、びしょびしょになるなんてことはないでしょ、……という意味が込められている。つまり、これは男の訪れを待つ女歌なのである。

おそらく男の方は、春雨が降っているので止むまで女のところに行くのは止めようと思っていたにちがいない。ないしは、春雨が何日も続くので、しばらく女の家に行くのをためらっていたのであろう。一日か、二日か、三日か、それはわからないけれども。結局、男はこの女の家に行かなかった。すると、女はそれに対して、この春雨はそんなに大雨ですか、違うでしょう。春雨なら濡れても構わないでしょう。もし七日降ったら、七日来ないつもりですか、と歌を贈ったのである。

こういうところに、わたしは相手をチクリと刺す、『万葉集』の女歌の魅力を感じる。もし自分ならば、こんな歌が届いたらどうするだろう。傘もささずに女の家へ行って、「今、来たよ！」と言うのか。それとも、何か別の理由、「実をいうと風邪を引いているので、春雨なんだけども濡れると大変なんだよ」などと言い訳けをするか。ともかくも、何とかその場を切り抜ける算段を考えるだろう。

しかし、こういう歌は、携帯電話が普及してしまった現代では、もう生れてこないだろう。携帯電話なら日本中どこにいても、「七日もわたしに会わないつもり！」とすごまれるかもしれない。

あと百年ぐらい経つと、携帯電話が男女の行動にどういう影響を与えたかということが、国文学の研究の対象になるのではないか。
わたしは、この歌を読むと万葉時代のカップルの会話を盗み聞きした気分になる。それはとりもなおさず歌に無限の興味を覚える瞬間でもある。

春雨で
衣はひどく
濡れてしまうものでしょうか?
もしかして、七日降ったら……
七日来ないつもりですか――。

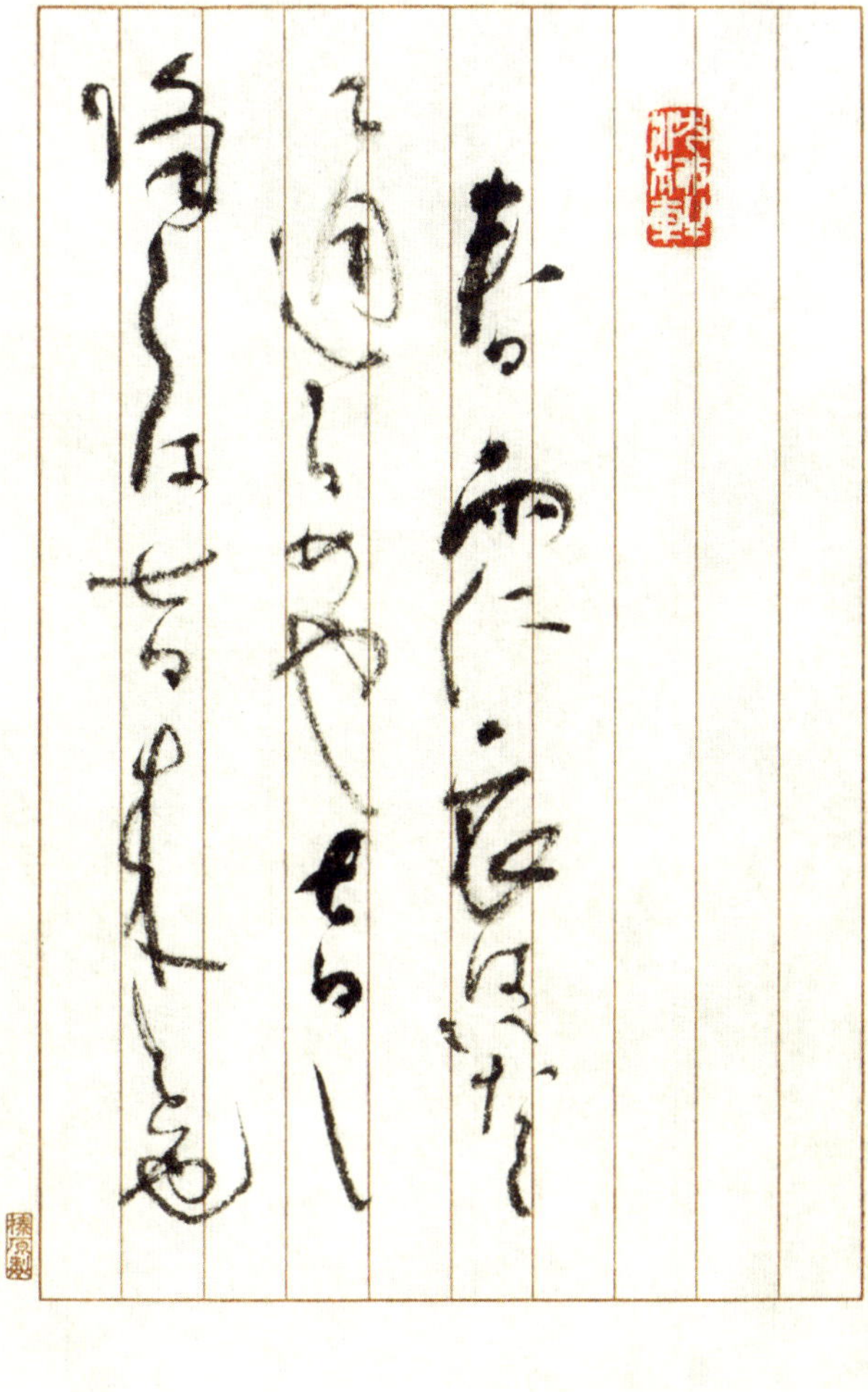

我《わ》が背子《せこ》に
我《あ》が恋《こ》ふらくは
奥山《おくやま》の
あしびの花《はな》の
今盛《いまさか》りなり

(作者未詳　巻十の一九〇三)

こんな歌を一度でいいから贈られてみたかった。わが人生に悔いありだ。あしびの花は、奈良の春を代表する、スズラン状に小さなつぼみを付けて咲く花だ。この花が集まって咲くと、周りは真っ白になる。一つ一つは小さな花だが、それが集まると真っ白な壁を作るのである。かつて五月に春日大社の奥山を歩いた時、あしびのトンネルに出くわしたことがある。「えー、あしびの花ってこんなに美しい花だったのか」と感動したものだ。

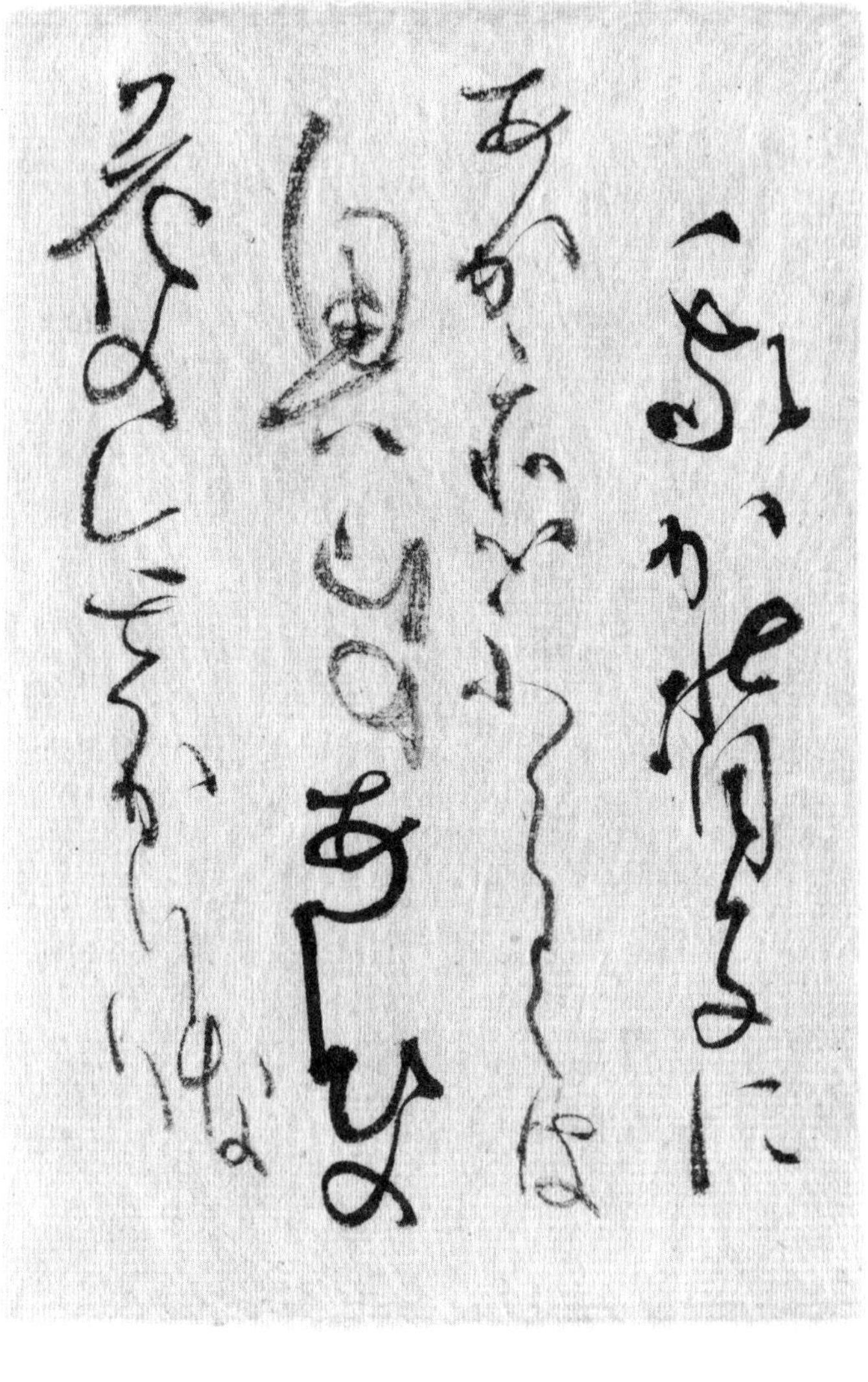

さて、この歌の奥山は、どこの奥の山かということはわからない。奥山のあしびの花というのは、里のあしびの花とは違って、多くの人に見られることはない。知る人ぞ知るものなのである。胸のうちに秘められてはいるものの、わたしの恋心は今真っ盛りと作者は歌っているのである。小さなものが寄り集まって大きな美しさを作るあしびの花。しかも、あしびというのは花が咲いている期間がたいそう長い。ここに、あしびの花言葉の意味がある。

恋心、それは時として燃え上がる炎のようなものであって欲しい。しかし、小さな可憐な花がたくさんつぼみをつけるあしびの花のように、密かに心のうちで思い続けられるということも、無上の喜びである。男としてはその冥利に尽きるといっても過言ではない。

わたしのよい人に
わたしが恋する心は……
奥山の
あしびの花のように
今や真っ盛りです！

厚見王《あつみのおほきみ》、久米女郎《くめのいらつめ》に贈る歌一首

やどにある
桜《さくら》の花《はな》は
今《いま》もかも
松風速《まつかぜはや》み
地《つち》に散《ち》るらむ
（厚見王　巻八の一四五八）

久米女郎《くめのいらつめ》が報《こた》へ贈る歌一首

世《よ》の中《なか》も
常《つね》にしあらねば
やどにある
桜《さくら》の花《はな》の
散《ち》れるころかも
（久米女郎　巻八の一四五九）

万葉歌には、情熱的な歌だけではなく、少し冷めた関係になっている男女の歌もある。

この二首の歌は、まず、厚見王が久米女郎に歌を贈っている。「やどにある」というのは久米女郎の家の庭にある、ということ。彼女の家の庭には桜があったのである。もし二人が現在、熱愛関係にあるのなら、桜の花を一緒に見たいと思うだろうから、厚見王は何をおいても久米女郎の家に訪ねて行って一緒に桜を見たことだろう。

しかし、二人の関係はすでに冷めてしまっていたのであった。久米女郎の家に厚見王は行かなかったようである。そこで厚見王は、久米女郎に対して、その断りの歌を贈らなければならなくなった。その断りの歌がこの歌である。

厚見王はこう弁解した。「あなたの家にある桜の花は、松の間を通ってくる風が速いので虚しく土に散っていることでしょうね。行けないのが残念です。その松風にあおられた桜の花びらが散っている姿を二人で見られないのはまことに残念です」と。おそらく使者に託してこの歌を贈ったのであろう。

二人が熱愛関係にある時に、「この桜の花が咲いたら一緒に花見をしましょうね」という約束があったのではないか。あくまでも推測だが、そういう前提があって、この歌が詠まれているのだとわたしは考えている。

対して、久米女郎は厚見王にどう答えたか。さて、久米女郎の返歌で重要なのは、「世の中も常にしあらねば」という表現である。「人の世も定めなきものですからねえ、宿にある桜の花も散ってしまったこの頃です」と、歌を返しているのである。その表現のそっけないこと。

人の世が定めなきものというのは、人の気持ちも移り変わるということである。久米女郎は厚見王に対して、「あなたの気持ちも変わったのではないですか。あなたの方が心変わりしたのではないですか、最近わたしの家に来てくれないのは……」と返しているわけである。つまり、久米女郎の歌は、「桜の花も散りますが、世の中というものも定めなきものです。あなたの気持ちだって変わらないというわけではありませんからね」という意趣返しになっているのである。

男が弁解をしたのはいいが、その返歌には、たっぷりとからしが塗られていたのである。

この歌からは熟し切った男と女の関係を感じることができる。

平成の時代、少し冷えた関係になったカップルはどのような会話を交わしているのだろうか。

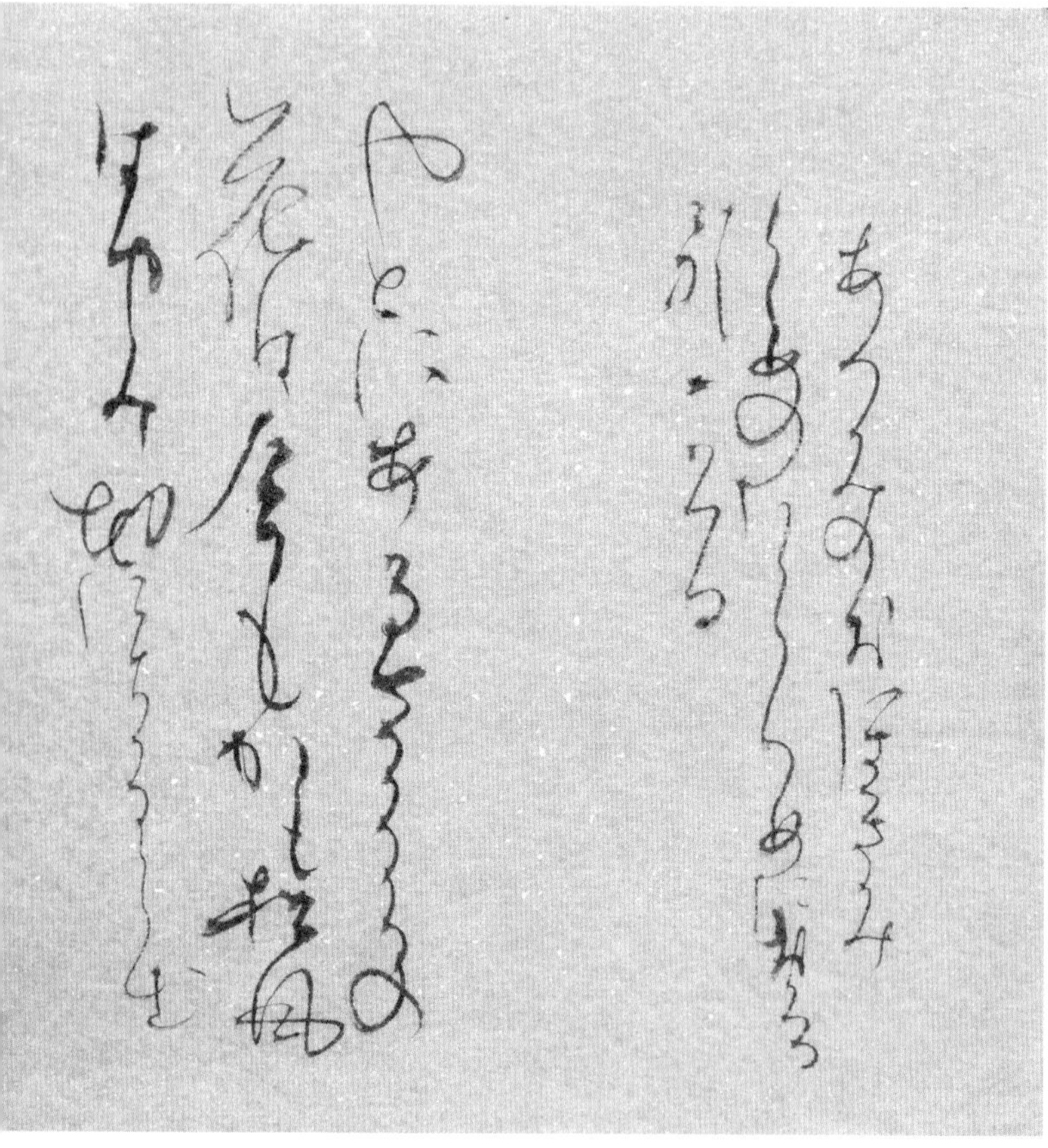

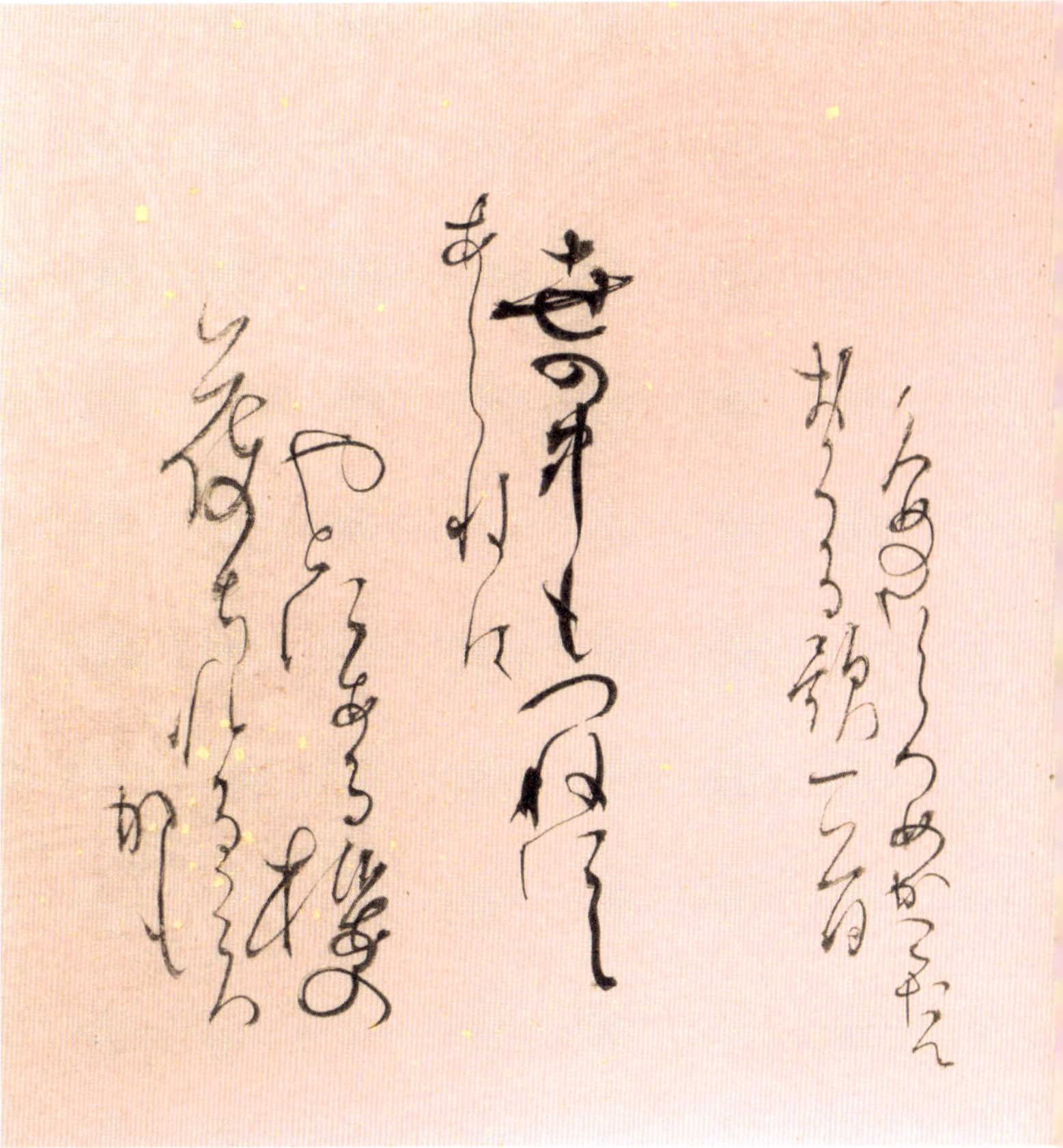

あなたの家にある
桜の花は、
ちょうど今頃
松風が速いので……
土に散っているでしょうか？

人の世も定めなきもの——。
わたしの家の庭にある
桜の花は
もう散ってしまいました。

草《くさ》に寄《よ》する

人言《ひとごと》は　夏野《なつの》の草《くさ》の　繁《しげ》くとも

妹《いも》と我《あれ》とし　携《たづさ》はり寝《ね》ば

(作者未詳　巻十の一九八三)

「草に寄する」とは、草に寄せて自分の気持ちを表現するということである。

それでは、この歌はどのような時に歌われたのだろうか。わたしは以下のようなストーリーを想像する。人の噂を気にしている男がいた。女性もおそらく人の噂を気にしているのだろう。「人の噂なんか気にするのはやめようよ。あなたとわたしと手を取り合って寝たならば、もうわたしは噂なんか気にしませんよ。あなたの方はどうですか？　お付き合いをしていることをみんなの前に堂々と示していこうよ」と男が女に問いかけるのである。噂が高くなって困っている状態で、それを吹っ切ろうと女に促す時に、このような歌を作るのではないだろうか。

「人言」は人の噂。草というものは冬には力がない。しかし、春には芽吹きだし、夏になると手が付けられないような茂り放題になる。人の噂が夏草のように茂る。すなわち、街が噂でもちきりとなり、手が付けられないような状態になるということである。このたとえは、なかなかおもしろい。

では、この歌の結論は？　あなたとわたしと手を取り合って共に寝たならば、というところで終わっている。そのあとに省かれているのは、手を取って寝ることができたら噂などは気にしないのだが……という言葉である。

この呼びかけに対して、女性の方はどのように反応しただろうか。「やはり、噂のことが気になるから」とか「お母さんのことが気になるから」と拒んだだろうか。それとも「いや、

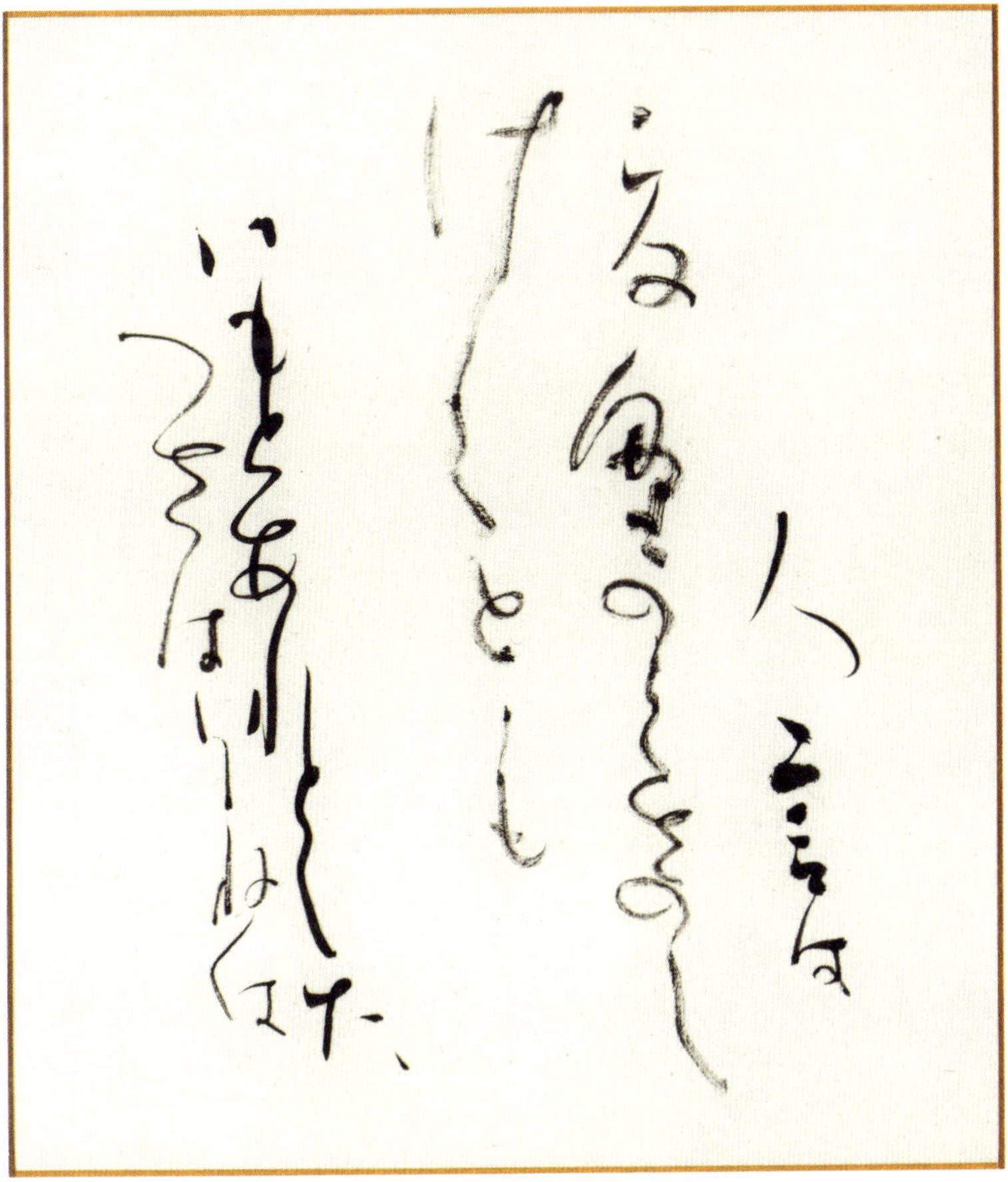

あなたがそこまでおっしゃるんでしたら、わたしはあなたにしたがいましょう」と言って、果して、共寝に応じたのだろうか。それは、読者の一人一人が想像するしかない。

じつは、歌の表現というものは、すべてを言うと言い過ぎとなる。足りないくらいでよいのである。あとは、読者が補うように設計されているのである。だから、想像しなくては、歌は読めないと考えてよいのである。ここは、学生に口を酸っぱくして説くところだ。

人の噂というようなものは
夏草のようなもの。
もうどうしようもないけれども、
もしあなたとわたしと
手を取り合って寝ることができたら……
（もう噂なんて気にしませんよ）

道《みち》の辺《へ》の
いちしの花《はな》の
いちしろく
人皆知《ひとみなし》りぬ
我《あ》が恋妻《こひづま》は

（作者未詳　巻十一の二四八〇）

辺《へ》は、あたりの意味。すなわち、川の近くなら川の辺、山のあたりは山の辺、山辺。有名な山辺の道も、山のあたりを通る道、というもともとは普通名詞だったのである。とすれば「道の辺」は、道の近く、道のあたり、道ばたのということになる。

「いちし（壱師）の花」には、さまざまな説があるが、有名な説では彼岸花とされる。彼岸花は真紅の花が野焼の炎のように群生する人の眼をひく花である。新美南吉の「ごんぎつね」の中には、彼岸花が咲いている姿を赤い絨毯のようだと表現しているところがあったと思う。ひじょうに目立つ花なのである。「いちしろく」は、顕著に、特別に、著しくという意味。

この歌を初めて読んだ時、ああ、たとえがうまいなあと思った。自分が隠していた恋人とか妻のことがみんなに露見してしまった。知れわたってしまえば、何々子ちゃんは、実はだれだれさんの隠し妻ですよ……というふうにはやしたてられてしまうのである。

さて、この歌にはひとつの替え歌がある。

或本《あるほん》の歌《うた》に曰《いは》く、「いちしろく　人知《ひとし》りにけり　継《つ》ぎてし思《おも》へば」。

ずっと思い続けるものだから、はっきりと人が知ってしまったよ、というわけである。お互いに時が来るまではお付き合いしていることをみんなに黙っていよう、隠していようということだったのだろうか。今付き合っているのがばれるとまずいというふうな、何か訳ありだったのか、わたしは邪推を重ねてしまう。

どちらにせよ、あまりにも自分の恋心が募ってしまって、もうそれを押さえることができない。だから頻繁に会ってしまったり、一夜を共にした後、同じ戸から一緒に出てしまったりとかで、ああ、あの人たちは付き合っているらしいよ、恋人同士らしいよ、いや、隠し妻かも知れないねというふうに噂が立ったのであろう。

『万葉集』には、人の目、さらには人の噂というようなものを気にする恋歌が多い。近代の人間は、恋を個人的なものとして捉えようとする。もちろん、万葉の時代も個人的なものではあったが、同時に社会的なものでもあった。だから、集団見合いのごとき歌垣《うたがき》という習俗が社会的に機能していたのである。

当然、人には家族がいる。その家族を取り囲む親類がいる。さらには属している氏《うじ》があり、またさらには地域社会がある。そして、村もある。そうすると、そういうところでは、きちっとした手続きを踏んで結婚してゆくことが求められるのである。つまり、プロセスが大切なのである。

ところが、恋というものはそう手続き通りに進んでゆくものではない。ついついこういうように人の噂になるということもあるのである。

この歌を読むと、恋愛事情というものは今も昔も変わらないものだなあ、と思ってしまう。隠しておきたいという時には、ばれてしまう。多くの人に知って欲しいと思う時には、みんなは振り向いてくれない。そういうところが、なぜか恋愛にはあるようである。しかし、そこが恋の物語の妙味かもしれない。

道ばたにある
彼岸花のような、ひじょうに目立つ花
あ、あそこに花があるよと人は指さすように……
そのようにみんなに知られてしまった
我が恋妻は。

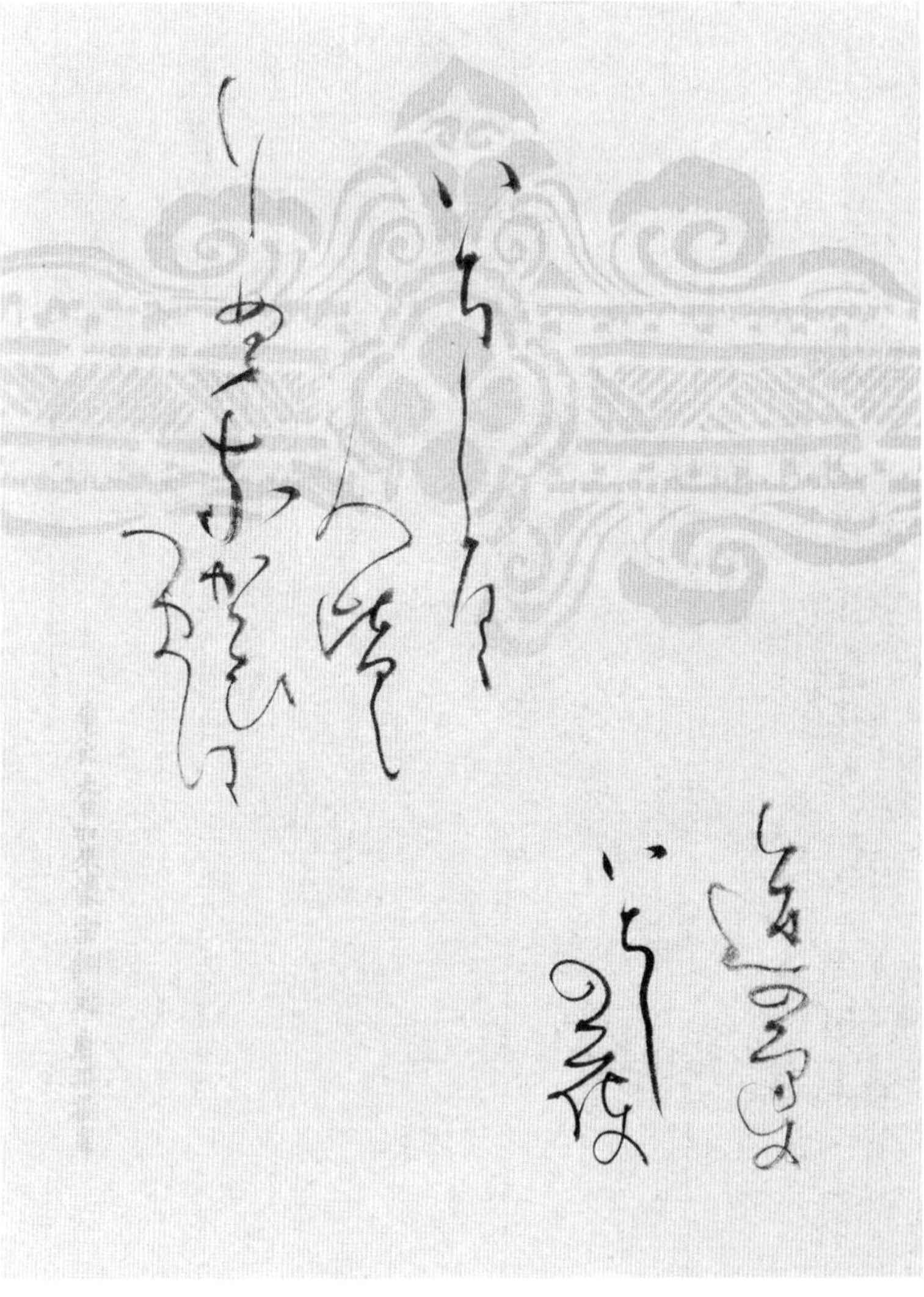

額田王《ぬかたのおほきみ》、近江天皇《あふみのてんわう》を思《しの》ひて作《つく》る歌一首

君待《きみま》つと　我《あ》が恋《こ》ひ居《を》れば　我《わ》が屋戸《やど》の
簾動《すだれうご》かし　秋《あき》の風吹《かぜふ》く

（額田王　巻四の四八八）

近江天皇は天智天皇のこと。近江に都を遷した天皇なので近江天皇という言い方が存在するのである。
「君」は女性が男性を呼ぶ、呼びかけの言葉。「屋戸」は「屋の戸」と考えるとわかりやすいだろう。屋は建物、その戸、つまり、建物の出入り口のことである。

さて、どんな状況でこの歌は詠まれたのだろうか。額田王が、今日は天皇は来るかなあ、来るかなあと心待ちにしている。その時にふーっと風が吹いて、すだれが動いた。すだれが動いたということは、恋人がやって来たんだ……。ところが、振り向いてみるとそこにはただ秋の風が吹いていているだけであった。つまり、空しい女心の内側を表しているのである。『万葉集』の恋歌の中でも女歌に典型的に多いのが、女性が待っていることを訴える恋歌である。

なぜ、待つ歌が多いのか。それは、当時は女性の家を男性が夜訪れるという結婚の形をとっていたからである。待っている女性たちは、いろいろな思いで待つ。早く来ないかなあと、じりじりするような焦りにも似たような感情。何で来ないのかしら、わたしがこんなに待ってるのに！　というような、怒りの感情。今度来たら承知しないわよ、というようなお灸をすえてやろうというような、そういう愛憎なかばする感情もあったかもしれない。

中国にも同じような形の歌がある。六朝《りくちょう》時代の閨怨詩《けいえんし》、つまり寝室での恨み言の詩である。そういう詩の中に、実はこれに近いものがあり、すだれが動いて人がやって来た気配を感じるというような表現は、中国の文学の影響を受けて、額田王がこういう形にしたのではない

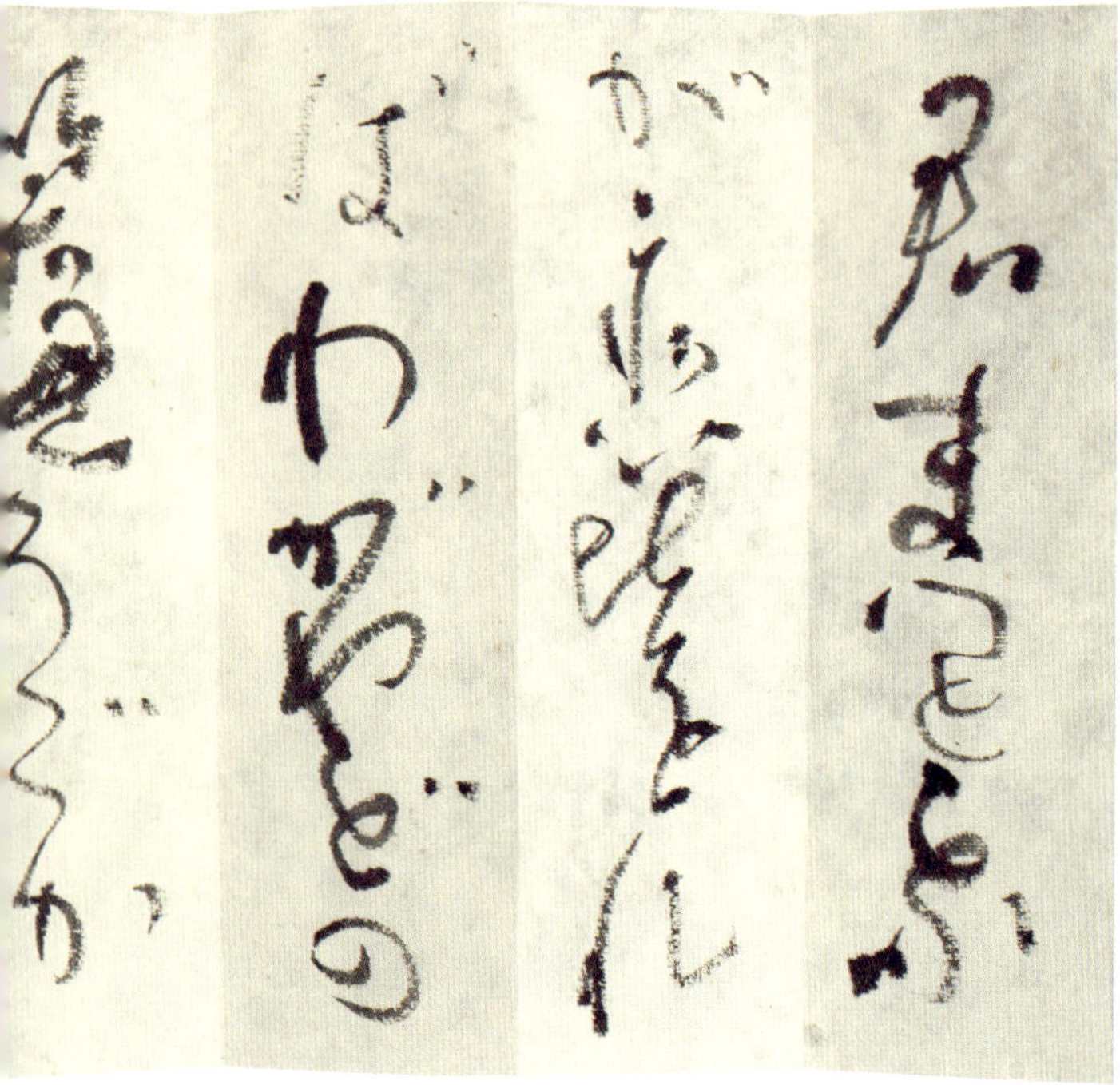

かといわれる。ただ、中国の詩の影響を受けたにしても、待つ人の気持ちをこれだけ率直に、これだけ繊細に歌っている歌もない、と思う。なるほどこの歌にはファンが多いはずである。

二〇〇一年秋にオープンした、奈良県明日香村の万葉文化館には平山郁夫さんがこの歌をモチーフにして額田王を描いたものがある。この歌のイメージの世界を平山郁夫さんはどのように

捉えられたか。
　額田王は、ぽつーんと一人で座っている。その顔はうつむき加減で少し憂いを含んでいるようにわたしには見える。それは天智天皇、恋人の訪れを待っている顔である。待つ女、やって来る男、いろんなドラマが万葉の時代にもあった。

アナタを待つと、
わたしが恋い慕っていると……
わたしの家の戸の
すだれを動かす
秋の風吹く。

抜気大首《ぬきけのおほびと》が筑紫《つくし》に任ぜらるる時に、豊前国《とよくにのみちのくち》の娘子《をとめ》紐児《ひものこ》を娶《めと》りて作《つく》る歌三首（のうちの二首目）

石上《いそのかみ》
布留《ふる》の早稲田《わさだ》の
穂《ほ》には出《い》でず
心《こころ》の中《うち》に
恋《こ》ふるこのころ

（抜気大首　巻九の一七六八）

「石上布留」は、現在の奈良県天理市の石上神宮のある石上。「早稲田」とは、早稲が植えられている田圃のこと。「穂」は、稲穂（イナホ）でもあり、また顔にある頬（ホホ）でもある。

石上布留の早稲田というのは、その早稲田というところを具体的に言おうとしただけなので意味はない。早稲が植えられている田圃、そこから出る穂は早く出てしまう、いやいや自分はそうならずに頬（ほ）を赤くせずにじーっと心の内で恋い続けていこうというのだから、まわり道の表現である。そのまわり道の表現がおもしろい。

新婚さんはすぐ顔に出てしまう。それを人に悟られないようにという、ちょっとほほえましい歌である。

抜気大首という平城京の役所の役人が筑紫の国、現在の福岡県に赴任する。赴任した現地で恋に落ちて、紐児という女性と結婚した時の歌。

実をいうと、この歌には、前の歌・後の歌があるが、これもまた熱烈な恋歌である。後の歌を見ると、

「かくのみし　恋ひし渡れば　たまきはる　命も我《あれ》は　惜しけくもなし」（巻九の一七六九）。

恋い慕うことを続けていると、命も惜しくなんかありません、と歌っている。

さて稲のいちばん大切なところ、飛び出たところ、素晴らしいところがイナホである。槍のいちばん飛び出たところ、大切なところは槍のホ。人間の顔の中でいちばん飛び出ていて

表情が出るのがホホ。さらに火でいちばん飛び出ている先のところがホノホである。つまり、槍のホ、稲穂、炎、全て「ほ」というのは飛び出たところということができよう。

石上の布留にある
早稲が植えられている田圃のように……、
穂には出さずに
心の内だけで
恋するこのごろです。

石の上布留
早稲田の穂は
出てもまだ中ら
恋ふるよしもこ丶ろ

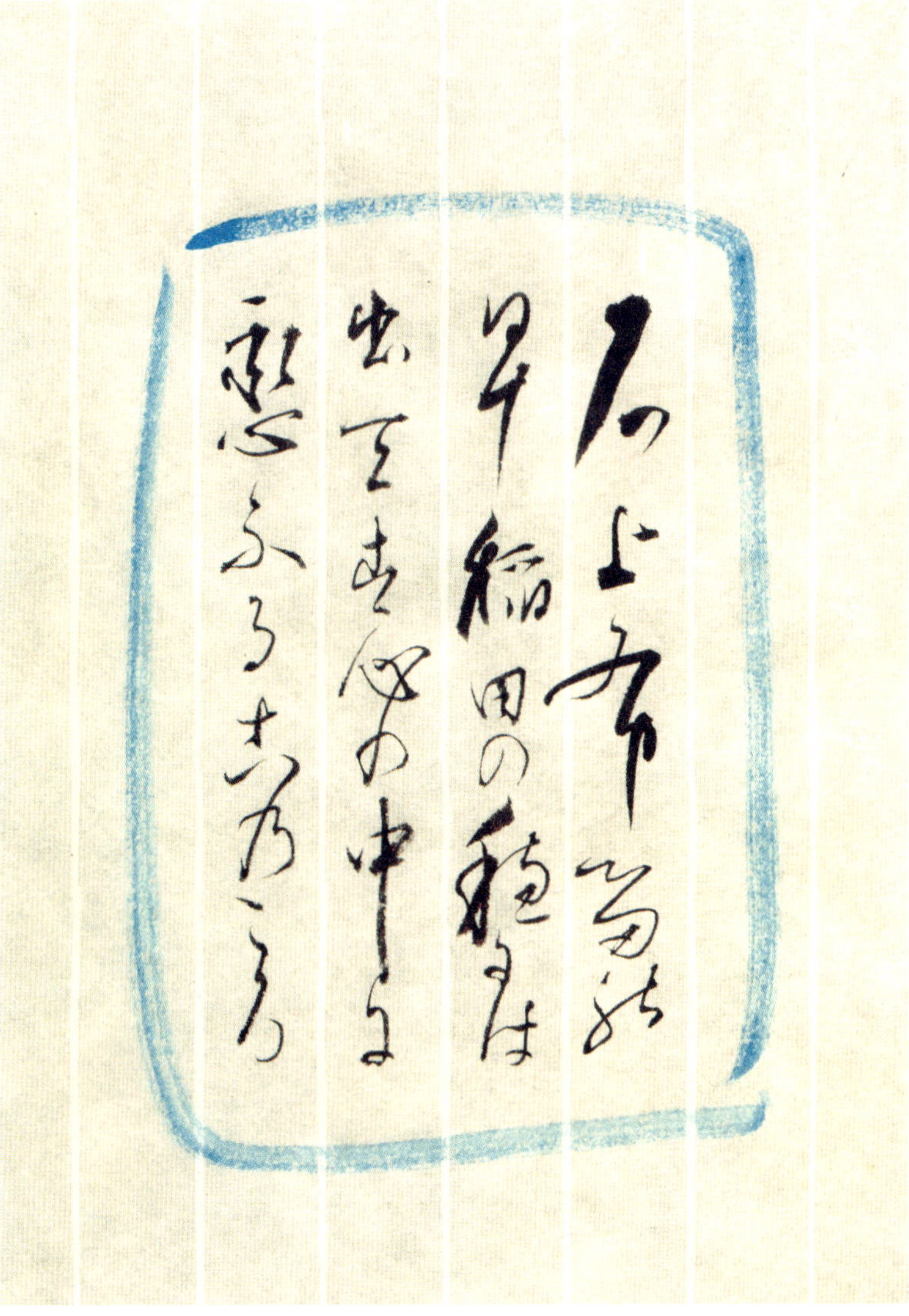

夜《よ》に寄《よ》する

よしゑやし　恋《こ》ひじとすれど　秋風《あきかぜ》の
寒《さむ》く吹《ふ》く夜《よ》は　君《きみ》をしぞ思《おも》ふ

（作者未詳　巻十の二三〇一）

秋風が寒く吹く夜。寒いなとふと感じた時に人は人恋しいと思うものである。
女は、もうあんな男に惚れたりなんかしないわよ！　と心に決めたのだが、秋風が吹く夜は、あなたのことが思われてならないと歌っているのである。三十一文字のなかよくぞここまで女心を盛り込んだかと感心してしまった。

この「よしゑやし」という言い方は捨て鉢な言い方である。もうあの人のことなんか、ええい、もう、というニュアンスを含んでいる。そして、対する後半部との落差が、この歌の命になっているのである。

恋の歌というのは常に順調な時ばかりを歌うわけではない。失恋した時ばかりを歌うわけではない。この歌のように一旦は、「ああ、もうどうしようもない」と捨て鉢に思っても、何かをきっかけとして、またその人のことが思い出されるということもある。

この場合は、そのきっかけが秋風だったということである。秋風の寒さが彼氏の記憶を蘇らせたのである。

現在、わたしたちは空調設備がいきとどいたビルの中で生活をしている。だから、室内では夏は暑い、冬は寒いというようなこともなく生活をしている。そういう生活をするわたしたちにとって、何が恋の記憶を呼び起してくれる小道具になるのか、いささか不安に思ってしまう。

わたしは、『万葉集』を読む時に、この歌は今の演歌にあたるかな、この歌はフォークソングにあたるかな、この歌は流行歌にあたるかな、この歌は浪花節にあたるかな……と現在の音楽のジャンルに当てはめることがある。そういうわたし流儀の分類でゆくと、間違いなく、これはシャンソンに分類される。

万葉びとが秋風に接して忘れかけていた恋人のことを思い出したように、現代人は何に接して忘れかけていた恋というものを思い出すのだろうか。

もうしょうがないわね！
恋などするものか——。
でも、秋風が寒く吹く夜は、
アナタのことが思われる……。

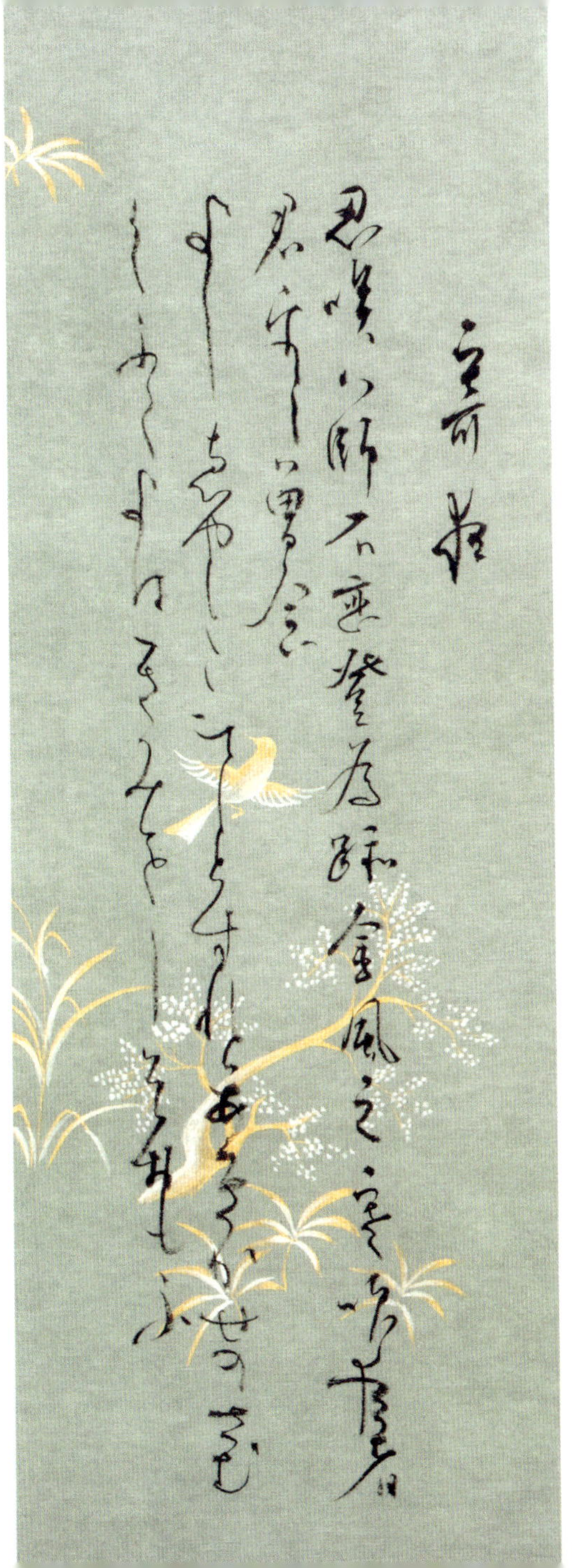
立秋
きのふこそさなへとりしかいつのまに
いなばそよぎてあきかぜのふく

草嬢《くさのをとめ》が歌一首

秋《あき》の田《た》の
穂田《ほだ》の刈《か》りばか
か寄《よ》り合《あ》はば
そこもか人《ひと》の
我《わ》を言《こと》なさむ

（草嬢　巻四の五一二）

わたしは、この歌を読むといつもにやりと笑ってしまう。
まず草嬢という言い方にさまざまな説があって、その一つの説が村娘。わたしもそれにしたがいたい。つまり田舎の娘さんの歌一首ということである。

稲刈り直前の状態にあるのが「穂田」。つまり、田植えをして、田の草取りを重ねて、そしていよいよ収穫を目前とした田圃が、穂田なのである。

「刈りばか」というのは、稲刈りをする時のその人個人のノルマ、分担量のことである。現在でも、たとえば、「はかどってますか？」というのは、その人の分担になっている仕事がどこまで進んでいますか？　ということを意味する。だから「はかがゆく」とか「はかどる」といえば、きめられた仕事量をこなしているということになる。反対にこなすことができない場合には「はかがゆかない」ないし「はかどらない」のである。

つまり、「はか」というのは一つの区切られた場所を指す言葉なので、そこから転じてその人の担当の箇所というようになったのである。「ここからここまではあなたの担当ですよ」と言われて稲刈りがはじまるのだろう。

この時代の稲刈りは、稲首刈りといって、稲穂の穂首だけを刈っていくという刈り方ではなかったかといわれている。つまり、担当者は、稲首を刈ってゆくのである。そして横には別の人の担当している場所があるはずだ。お互いに話しながら稲刈りが進んでゆくに違いない。それぞれの「刈りばか」で稲刈りをしていると、互いに近寄ってゆくこともあるだろう。

「か寄り合はば」というのはお互いに近寄ったらということ。「そこもか」は、そんなことぐらいで、という意味である。

では、この歌の状況を説明してゆこう。

秋に実った田圃の中に一人一人のノルマとなるべき場所が割り当てられる。その「はか」が接する若い男女が隣同士で並んで稲刈りをしているが、そのうちにだんだんと近寄ってくる。するとまわりの人たちは、「あれ、稲刈りが進行していくうちにあの二人はだんだん近寄って来たよ。二人は好き同士なんじゃないかな……」とはやしたてる。だから、そんなことぐらいでみんなはわたしたちのことを噂するのでしょうね、とこの草嬢は歌っているのである。

わたしの小学校は木造で、授業のあとに雑巾がけがあった。雑巾がけでは、担当の箇所が決められている。横に好きな女の子がいると、掃除をしているうちに、だんだんだんだんと好きな女の子の分担の場に近寄ってゆく。最後の方になると好きな女の子との境のところばかりを一生懸命拭いて、そこだけがきれいになるというようなことがあった。

まだ小学生だったので、幸いにも恋の噂は立たなかったが、古代の農村では「あの二人は

できているんではないか」という噂が、あちらこちらでささやかれたのではないだろうか。
万葉びとも人の噂を楽しんでいたのである。

秋の田圃の
穂田の刈り分担。
お互いに近寄っていったら
そんなことぐらいで……
他の人は、
わたしたちのことを噂するでしょうね。

我《わ》が背子《せこ》が
言愛《ことうるは》しみ
出《い》でて行《い》かば
裳《も》引《び》き著《しる》けむ
雪《ゆき》な降《ふ》りそね

（作者未詳　巻十の二三四三）

彼がやって来て、家の外で「わたし」の名を呼ぶと、女性の方は「ああ、わざわざやって来てくれたのかなあ。わたしのことを思って来てくれたんだなあ」と、その声をいとおしいものとして聞いたのであった。今すぐにでも会いに出てゆきたいが、しかし、雪が降るなか、「裳《も》」すなわち現在のスカートをはいて家の外に出ると、雪の上に跡がついてしまう。

つまり、この歌は、雪の日にデートをすると裳の裾を引いた跡をみんなが見てしまう。だから降ってくれるな、と雪にお願いをしている歌なのである。何とも可愛らしい歌ではないか。

万葉の恋人たちが人の噂、人目というものを気にしていたことについては、縷々述べてきた。この歌の場合は、雪の上につくスカートの跡で、二人が会ったことがわかってしまうのでは……と気にしているのである。

そんなことは実際にはないだろうが、かく歌うところにこの歌の可愛らしさがある。可愛らしさを通り越しておかしみが込み上げてくる。

この歌の場合は雪の跡だが、「二の字二の字の下駄の跡」という歌のように、下駄の跡から、あそこの若い娘さんはどこどこに行ったのではないかと、村の人びとが噂をするというようなこともあったかもしれない。

会いに来た男の言葉をいとおしく感ずるのは、好きだからである。

だから、今すぐ会いに出てゆくことも考えられるが、ひょっとするとこういうことかもしれない。どこどこで待っているから来てくれと男は言って、そのまま立ち去って行った。そこで、その場所までスカートの裾をぞろびかせて出かけて行けば、当然、雪にその跡が残っ

かぜさむかるらむ人しく行かは
をしへよ
み山のおくなりける住ゐ

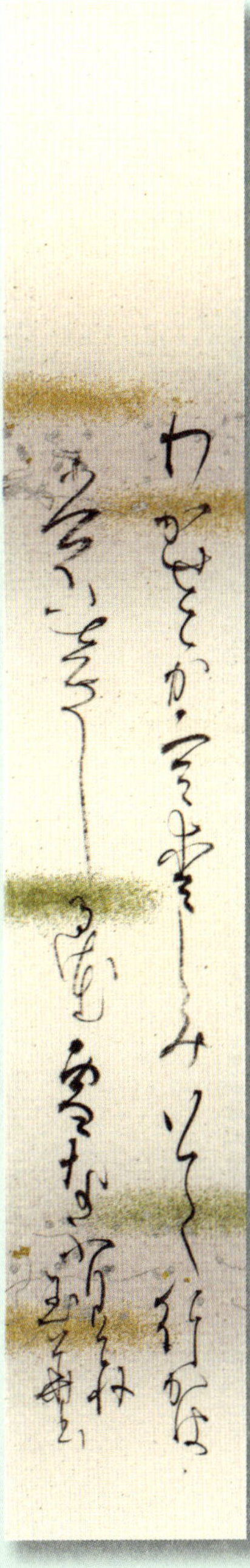

てしまう。
どちらにしても二人が会っているということがみんなにわかってしまうことを恐れているのである。だから、雪よ降ってくれるな、なのである。

わたしのいい人の
言葉がいとおしいので、
うっかり出ていくと……
スカートの裾を引いて歩いた雪の跡が目立ってしまう。
雪よ降ってくれるな——。

草《くさ》に寄《よ》する

冬《ふゆ》ごもり　春《はる》の大野《おほの》を　焼《や》く人《ひと》は
焼《や》き足《た》らねかも　我《あ》が心《こころ》焼《や》く

（作者未詳　巻七の一三三六）

「草に寄する」は、草に寄せて思いを陳《の》べるということ。「冬ごもり」は春にかかる枕詞である。

さて、春の大野を焼く、とはいったいどういうことをいっているのであろうか。じつは、それは、焼き畑の作業をいっているのである。春になると野原に火を入れて、木や草を焼き、その灰を肥料として、粟とかヒエなどの種を蒔いて収穫するのが焼き畑である。

『万葉集』の時代にも、焼き畑が行われていた。この農法では、焼ければ焼けるほど良い肥料ができるので、よく乾燥した日に火を入れる。そうすると見事な炎が空に舞い上がるのである。

その燃えさかる炎に自分の恋心というものをたとえているのである。

つまり、この歌は恋の炎の歌なのである。

「冬ごもり春」という言い方には、まさに焼き畑の季節の到来という万葉びとの実感があると思われる。その春の大野を焼く人は焼き足らないのかなあ、わたしの心までも焼いている、というスケールの大きな歌である。

もし目の前で焼き畑を行っている男とそれを見ている女が恋愛関係にあれば、あの男《ひと》は焼き畑で野原を焼くばかりでなく、わたしの心までも焼いているわ、という歌になる。

また、これが単なるたとえであるならば、ああいう凄い炎でわたしの心を焼き尽くすような人が現われた……という歌となろう。

言可草

みことより去来の大海を渡く

人はかまえたるわかもこゑあか

ここそつやし

焼き畑というものを現在見ることはほとんどないが、一月の奈良市の若草山の山焼きの火を見ていると、胸躍るものがある。

だからわたしの心は毎年一月になるとそわそわとして落ちつかなくなる。今年の若草山の山焼きはいかならんと天気や草の状態を気にするからである。その時に、思い浮かぶのが、この歌である。

春の大野を焼く人は
焼き足らないのかなあ……？
焼き足らないから、
わたしの心までも焼いている。

# 二章

# 淡き恋、熱き恋

朝戸出《あさとで》の
君《きみ》が足結《あゆひ》を
濡《ぬ》らす露原《つゆはら》
早《はや》く起《お》き
出《い》でつつ我《われ》も
裳《も》の裾《すそ》濡《ぬ》らさな

（作者未詳　巻十一の二三五七）

「朝戸出」は、朝、戸を出て行くということである。「足結」は袴の膝下のあたりをくくる紐のことで、袴のままだと、裾をぞろびいて歩くことになり、はなはだ具合が悪い。そこで膝下のところをくくるのである。「裳」は巻きスカートと考えてよい。そうすると、現在でいうならば彼氏が朝、出勤をしていくのを見送る歌ということになるだろう。

古代では男性が女性の家を訪ねて行って、朝、女性の家を出てゆく妻訪《つまど》い婚《こん》が一般的な結婚生活であった。そして、別れの朝。その時に一夜を共にした女性は出てゆく男を見送るのである。戸のところまでだったら誰にも気付かれないが、外まで一緒に出て行って見送ると、皆が気付いてしまう。昨日は彼氏が泊まったんだなあとわかってしまうのである。そうなると、街は噂でもちきりとなってしまう。

そこで戸口で見送って、皆にわからないように彼氏を送るわけであるが……やっぱり、ほんの少しの時間でも一緒にいたい、途中まででも見送りたいと彼女は訴える。そして、一緒に歩いてスカートの裾を濡らしましょう、というわけである。

何とも可愛らしい。どこが可愛らしいかというと、「早く起き」てというところである。周りに見られないように、早く起きて見送ってしまえば人目はない。しかし、そうすると早朝だから露に濡れてしまう。でも、彼氏の袴の裾を縛る紐が濡れるんだったら、わたしのスカートも濡らしたいです、と彼女は訴えるのである。

万葉時代の人びとは奔放な恋をしていたようにいわれてはいるが、この時代の人も街の噂

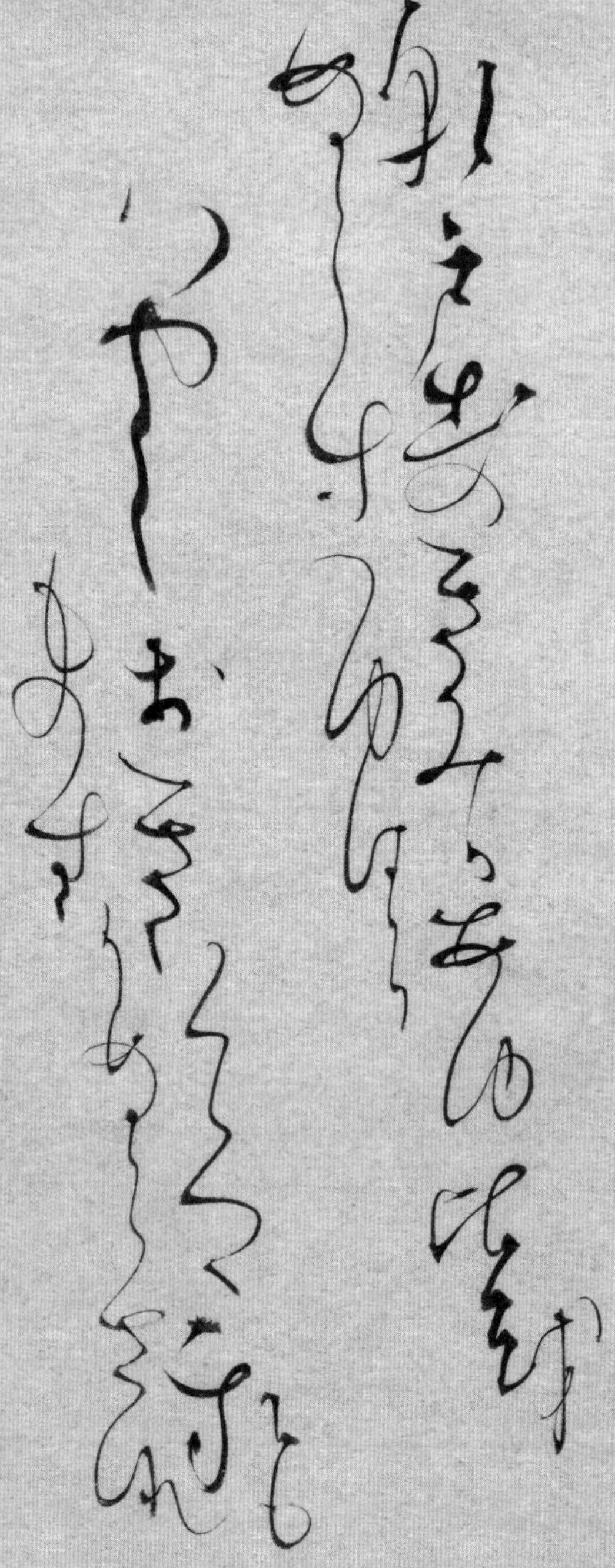

を気にしていたし、さらには、そういった噂によって二人の仲が引き裂かれるというような
こともあったのである。だから、あまり噂が立たないように家の中から見送ろうと彼女は思ったのだけれども、やはり少しでも一緒にいたい。それなら早起きして、一緒に露原を歩いていこうと「のたまう」のである。

朝、戸を出ていく
アナタの足結を濡らす露原……
早く起きて見送ってゆき、
（共に歩いて）わたしのスカートの裾も濡らしましょう。

皆人《みなひと》を
寝《ね》よとの鐘《かね》は
打《う》つなれど
君《きみ》をし思《おも》へば
寝《い》ねかてぬかも

（笠女郎　巻四の六〇七）

大伴家持《おほとものやかもち》と恋愛関係にあった笠女郎《かさのいらつめ》は、情熱的な恋歌を二十四首も大伴家持に贈っている。これはその一首。

奈良時代の都には陰陽寮《おんみょう》という役所があり、そこが時刻の制度を司っていて、鐘を打っていた。「寝よとの鐘」というのはちょうど寝る時間ですよということをみんなに知らせる鐘のことである。

諸説あるが、午後の七時から八時ころに、就寝時間を知らせる鐘が打たれていたと考えてよい。つまり、宮廷やその近くに住んでいる人たちは、だいたい午後七時から午後八時に鳴らす鐘が聞こえてくると、あれは寝よとの鐘だ、もう寝なさいという鐘だと思ったわけである。

しかし、恋をしている人間はそうなかなか寝られるものではない。床に入っても寝られないのである。ならば、なぜこういう歌を笠女郎は家持に贈ったのか。笠女郎はこの歌で、わたしは家持さん、あなたにこれだけ恋をしていますよ、寝よとの鐘が鳴ってもわたしは決して寝られないんですよ、あなたのことを思うと、と訴えているわけである。さて、そういう歌をもらった家持はどんな気持ちだっただろう。

情熱的な恋歌で知られる笠女郎。その表現は新鮮である。

笠女郎はどうも家持よりもかなり身分が低かったようである。しかし、たしかに歌の才はあったようだ。情熱的な歌を贈り続ける笠女郎。そして、大伴家の御曹司として成長していく家持。その二人の間の恋愛というものが、どういうものであったのかはよくわからないが、この歌を見る限り、笠女郎はなかなか積極的に家持に自分の恋心を訴えかけていたようである。
万葉の女たちは、元気がいい。

みんな！
寝る時間ですよという鐘は打たれるけれども、
アナタのことを思うと……
眠れませんわ――。

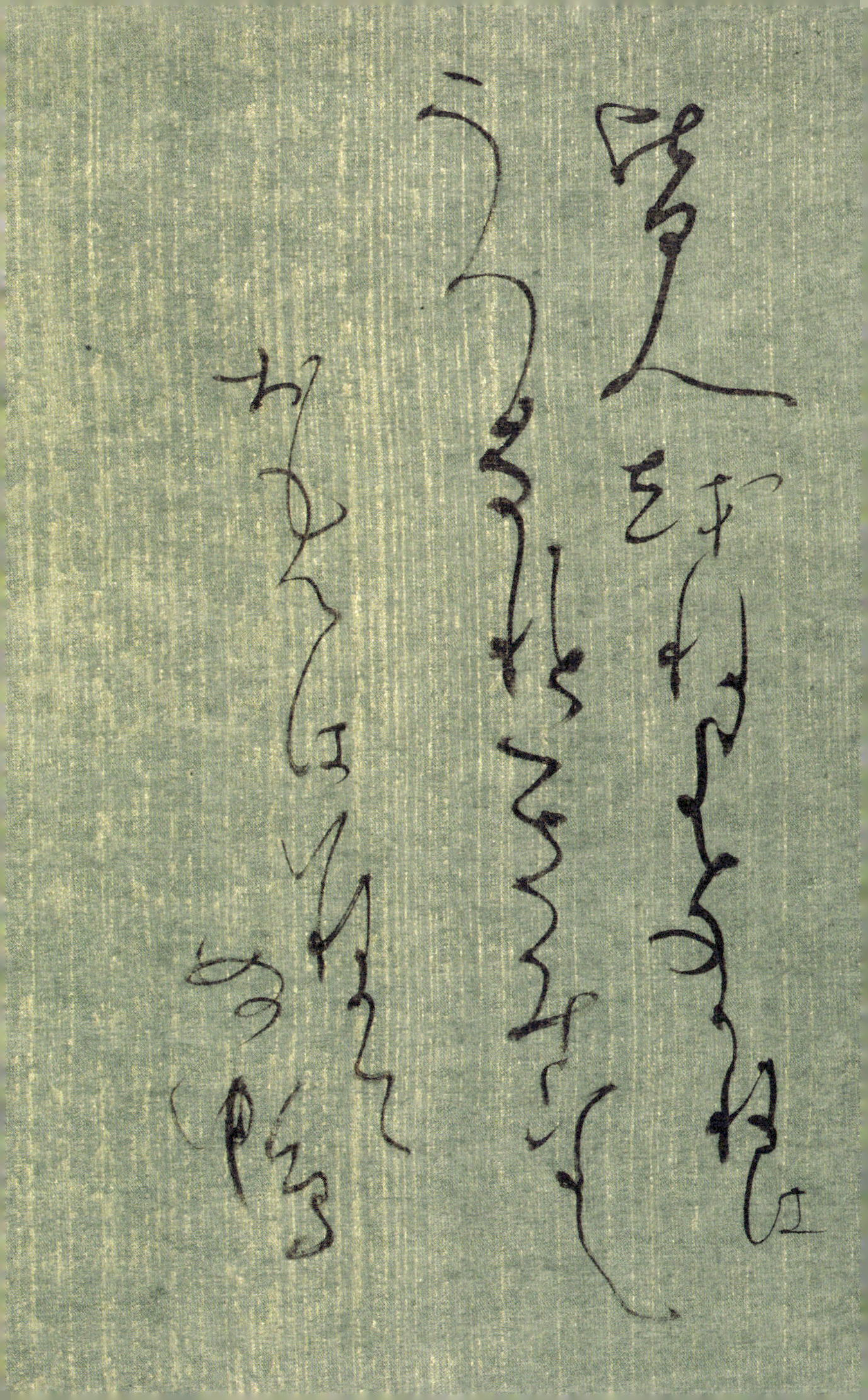

[illegible]

遠妻《とほづま》と
手枕《たまくら》交《か》へて
寝《ね》たる夜《よ》は
鶏《とり》がねな鳴《な》き
明《あ》けば明《あ》けぬとも

（作者未詳　巻十の二〇二一）

七夕歌の一つである。この歌は、牽牛と織女の歌だが、考えようによってはひじょうに色っぽい歌で、とろけるような夜を、わたしは連想してしまう。

「遠妻」は、織女星、織姫のこと。日頃は会うことができないが、年に一度だけ会うことができる妻を「遠妻」と表現しているのである。

「手枕交へて」とは、腕枕を交わしてという意味で、男女が共寝をする姿を表現している。

牽牛と織姫は年に一度の逢い引きだから、相思相愛の二人は手枕を交わし合って寝ているのである。

「鶏がね」は朝を知らせるものであり、古代の結婚では、鶏が鳴いて朝になると男性は帰らなくてはならない。つまり、朝が来たら別れ別れになってしまうから……鶏よ鳴かないでおくれ、と言っているわけである。

「明けば明けぬとも」は、もう明けてしまっても構わない。もうどうなっても構わないという意味である。

日本の文学の中では、後々までこの歌の趣向が受け継がれてゆく。ずっと恋人といたいという気持ちは今も昔も変わらないのである。

めったに会うことができない「遠妻」という表現も、わたしたちに一つのイメージを与えてくれる。そして、もう明けてしまったらどうしようもない、えい、ままよ、構うものか！というような言い方も、そのとろけるような夜を過ごしている男性の叫び声として迫ってくるものがあるではないか。

つまり、この歌は、幾つもの物語や、幾つものドラマを読者にイメージとして与えてくれ

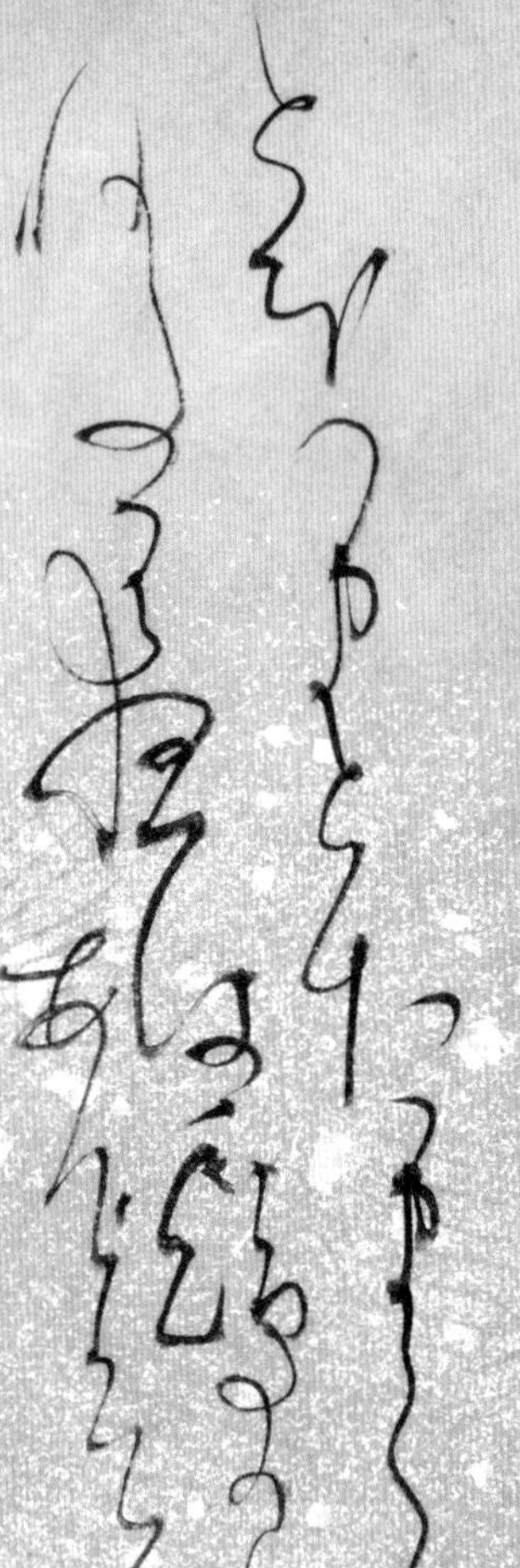

る歌なのである。
わたしは、この歌のそういう芳醇なところが好きだ。

遠く別れ別れになっていた妻と
手枕を交わし合って寝た夜は……
鶏よ鳴かないでおくれ！
夜が明けたとしても構うもんか――
このまま妻と居続けたいのだから。

同《おな》じ坂上郎女《さかのうへのいらつめ》の初月《みかづき》の歌一首

月立《つきた》ちて
ただ三日月《みかづき》の
眉根掻《まよねか》き
日長《けなが》く恋《こ》ひし
君《きみ》に逢《あ》へるかも

（大伴坂上郎女　巻六の九九三）

『万葉集』で最も有名な女流歌人と言えば、額田王だが、『万葉集』で最も重要な女流歌人は誰かといえば、わたしは躊躇なく大伴坂上郎女をあげる。

『万葉集』の編纂者である大伴家持に歌の手ほどきをしたのは、おそらく大伴坂上郎女であった、と考えられるからである。

その大伴坂上郎女が詠んだ初月の歌。

「月立ちて」は月が立つこと。月が立つ、これが一日（ついたち）、「つきたち」から「ついたち」になるわけで、かつては太陰暦、すなわち月の満ち欠けで日にちを設定していた暦を使用していたから、月立ちては月の初めということになる。新月というのはほとんど見えない。それから三日月というものが出てくる。

さて、この坂上郎女が活躍した天平時代には唐の宮廷で流行った化粧法が流行していて、自分の眉を抜き、眉墨で描くことがあったようである。大伴坂上郎女は、三日月のような細い眉を描いていたようであり、その描き眉のところを自分の手で眉が痒《かゆ》いということにしてわざと掻いたようである。眉を掻いて、長く待っていたあなたにやっとお会いすることができましたというのがこの歌の意味だが、それだけでは全くわからない。

ならば、どう考えればよいだろう。じつはこの時代、眉が痒いと恋人がやって来るという俗信があったようだ。だから、恋人に会いたいと思う坂上郎女は痒くもないのに、自分の描き眉を一生懸命掻いたのである。そうすると、ほんとうに恋人がやって来た。つまり俗信の裏返しをしたわけである。
眉が痒いと恋人がやって来ると言う。では、眉を掻けば恋人が来るのではないかと思って眉を掻く。そしたら果たせるかな、恋人がやって来た。なかなか可愛らしい歌である。

新しい月が立って、
ただ、三日月のような
眉を掻きながら、
長い日数恋い慕って来た……
アナタに会えたことですよ。

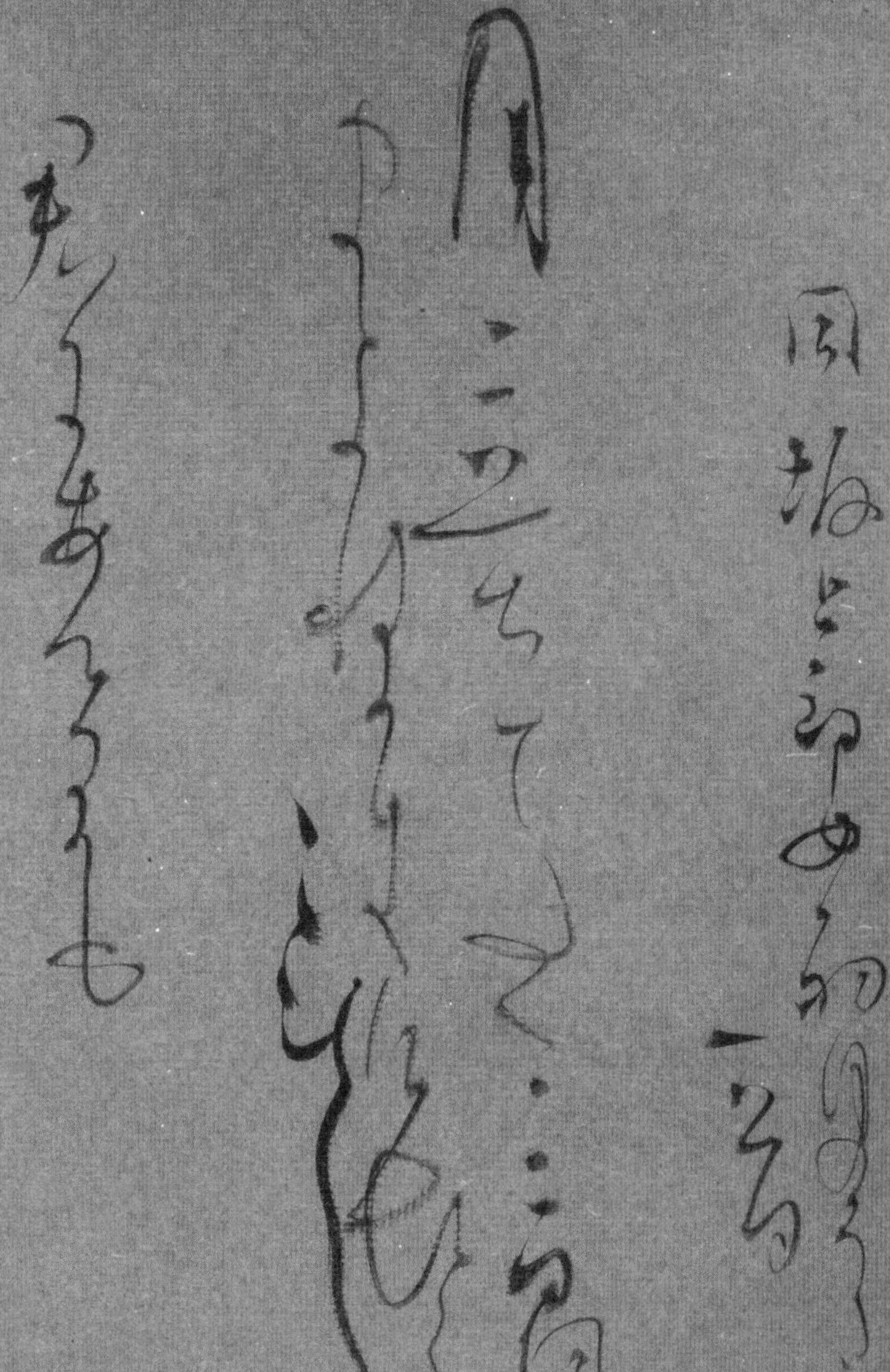

風はきよし
月はさやけし
いさともに
[illegible]

物《もの》に寄《よ》せて思《おも》ひを陳《の》ぶる

朝影《あさかげ》に
我《あ》が身《み》は成《な》りぬ
韓衣《からころも》
裾《すそ》のあはずて
久《ひさ》しくなれば

（作者未詳　巻十一の二六一九）

巻十一には「物に寄せて思ひを陳ぶる」という歌が収められている。これらは何か一つのものに自分の気持ちを重ね合わせ、自分の思いを述べる歌である。では、この歌は何に思いをかさねているかというと、それは「朝影」である。

朝日や夕陽に映る影法師のことを想像してもらいたい。朝影になっている我が身というのは細く、長く伸びる。影法師は大きなものにもなり、自分の体は細く見える。

つまり、「朝影にわが身は成りぬ」というのは、朝の影に映る自分のように、そんなくらいに痩せてしまった、ということなのである。

「韓衣」とは、中国風、大陸風の衣服のことである。この衣服は前合わせの部分があまり重ならない。それに対して、大和風の服は重なるところが大きい。背広のダブルとシングルの違いと考えてもらえばわかるだろう。ダブルの場合は前で重なるところが大きいが、シングルはほとんど重ならない。つまり、裾があまり重ならない、そのように会わない日が久しく続いたということである。「あはず」を引き出すために「韓衣裾の」という序を付けていると考えればわかりやすいだろう。

この歌は恋やつれをした人の歌である。恋人のことを思うと食事が喉を通らなくなる。だから、痩せてしまったと歌っているのである。

現代っ子はそういうことはないだろうと思っていたら、ある時にわたしのゼミの女子学生が一ヶ月ばかりのうちにみるみる痩せてしまった。恐らく、五、六キロは減ったのではないだろうか。

あまりにも痩せてきたので、病気かと思って聞いてみたら、「実は恥ずかしながら好きな人ができて、食事が喉を通らないいんです」と打ち明けてくれた。ああ、恋やつれが、まだ健在なのかなあ……と彼女には悪いが、うれしくなった。

あとから好きになったという男性も、わたしのゼミの学生だということがわかった。合宿の夕食どきに見ていたら、ほんとうに彼氏が近くにいるというだけで、彼女の食が進んでいなかった。

恋は神代の昔からと言うが、万葉びとも恋をして痩せたのである。


影法師のように……

わたしは痩せてしまいましたよ。

会わない日が久しくなりましたので——。

寄物陳思

ちきりしはいかにならぬに
ありめくしにし
すゝのあはれしけり
たかゆゑ

色《いろ》に出《い》でて
恋《こ》ひば人見《ひとみ》て
知《し》りぬべし
心《こころ》の中《うち》の
隠《こも》り妻《づま》はも

（作者未詳　巻十一の二五六六）

万葉時代の恋愛というのは奔放であった、現代人に比べて自由であったと思っている人が多いようだが、果たしてそうだろうかと思う。

「色に出でて」とは、顔に出してということである。「隠り妻」は、まだ公表していない段階の妻のこと。

つまり結婚というものは今も昔もプロセスが大切で、ある段階が来て公表するものなのである。現在でも、お付き合いがはじまり、婚約し、お披露目があり、それから結婚式があり、披露宴があって、結婚生活がはじまる、というように。

ところが、まだ公表していない段階で、顔色に出して恋い慕ったならば、みんなにそのことがわかってしまう。だから心の内だけで秘めておこうというのである。

万葉時代の恋愛はおおらかで自由であったと単純に考えてしまうのは間違いである。奈良時代には奈良時代の社会の掟というものがあり、平成の時代には平成の時代の社会の掟というものがある。恋愛といえども、社会生活の一部であるからには、ルールを守って恋愛が行われ、さらにはそこから結婚へと発展してゆくわけである。だからこそ、人は恋いしのぶのである。

『万葉集』は古代の結婚制度を研究する上でも第一級の史料となる。一つ一つ手続きを踏んで成立する結婚。その各段階の心情というものを『万葉集』は、わたしたちに伝えてくれるのである。ことに万葉びとは噂が立つことに注意を払っていた。噂にはナイーブだったのである。

さて、このカップルは晴れてみんなに結婚を祝福されたのであろうか？　気になるところである。

顔色に出して、
恋い慕ったならば
みんなが知るだろう……。
心のうちの
隠し妻のことを――。

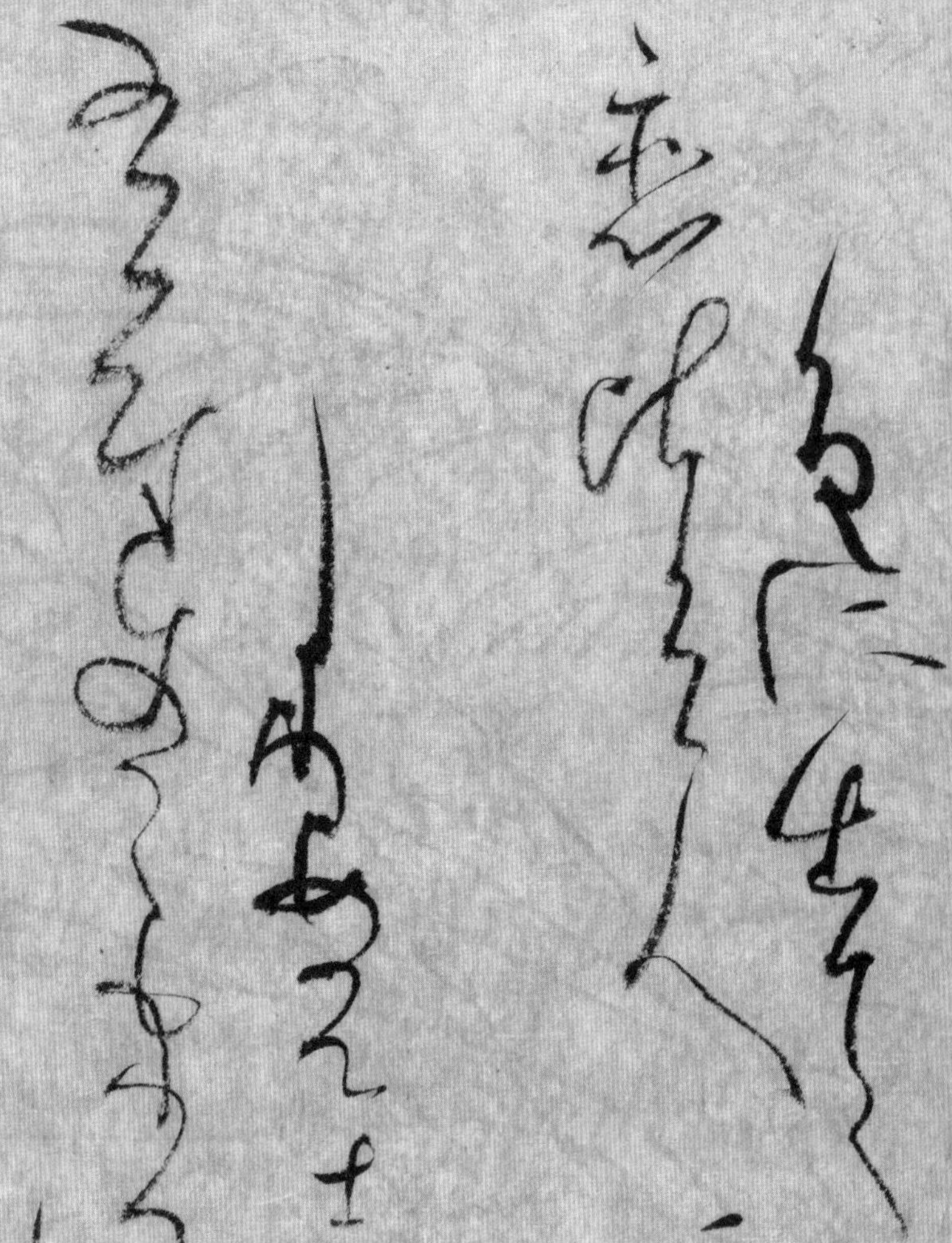

忘《わす》るやと
物語《ものがた》りして
心遣《こころや》り
過《す》ぐせど過《す》ぎず
なほ恋《こ》ひにけり

（作者未詳　巻十二の二八四五）

ありきたりのことではあるが、恋は人それぞれ。どれ一つとして同じ恋などない。しかし、一方で恋というものは共通点を持っていることも確かである。それはこの歌でいうならば、忘れようとすればするほど、相手のことが気にかかる、ということであろうか。
「忘るや」は、恋の苦しみを忘れることができるかなあという意味である。「物語り」とは、世間話をすること。そして「心遣り」というのは、心をそちらの方に向けるという意味である。

自分一人でじーっとしているよりも、人と話しているうちに気が晴れてくるということもあるから、世間話をしてやり過ごそうと思っていたが、うまくゆかない。やはり恋しいのだ。そういう思いが伝わってくる歌である。

歌とは不思議なもので、自分の心を映す鏡のような側面を持っている。男子学生に聞いてみると、みんな、これは男の歌に違いないという。女子学生に聞くと、女子学生の方もほとんど女の歌であるという。

だから、これは多かれ少なかれ、誰もが心の中に秘めている経験なのである。男にも女にも共通する気持ちでもあるので、ついついこの歌を読むと自分の事だと思ってしまうのである。「ある、ある、そういうこと。忘れようとしたって忘れられないことあるよね。人と話して気を紛らわそうとしたって、ますますその人のことが思われることがあるよね」と思わせる力がこの歌にはある。

何か別のことに打ち込んでいる間に忘れてしまうというような恋は、ほんとうの恋ではないのかもしれない。ほんとうの恋は、そういうことをすればするほど、相手のこと、相手の姿が目に浮かんでくるようなものではないか、と思う。
恋は一過性的なもの、個人的なもの、一人一人のものである。しかし同時に、恋の気持ちというものは多くの人びとが共感する気持ちでもあることが、この歌からわかる。

忘れることもあろうかと
人と世間話などをして、
気を紛らわせて
物思いを消し去ってしまおうとしたが……
一層恋心は募るばかりだった——。

こゝろやしとゝめにちれく
てゝすゆゆきゝ
す
あゆきゝのかり
て
よ

降《ふ》る雪《ゆき》の
空《そら》に消《け》ぬべく
恋《こ》ふれども
逢《あ》ふよしなしに
月《つき》ぞ経《へ》にける

（作者未詳　巻十の二三三三）

万葉の恋歌というと情熱的な歌という先入観を持ってしまいがちだが、この歌のように消え入るような恋心を唄った歌も、じつは多いのである。

「降る雪の」は、雪などにかかる序ないし枕詞と考えてよいが、この歌の場合は密接に下の内容と関わっている。「空に消ぬべく」は、空に消え入るようにの意味。「よし」は、方法のこと。

ふるゝなかのこゝろをとめて
いとゝしく
はるのこゝちぞあり
なかれゆく
こゝろ

この歌のおもしろさは、自分の恋心を雪にたとえている点にある。しかも、ここで表現されている雪はどんどんと降り積もるような雪ではなく、地上にたどり着くまでに消えていくような雪である。つまり、空中で消え入るばかりの恋心というのが、この歌に表されている恋心なのである。それはなぜか。会うすべもない切ない恋だからである。

つまり、会うこともできず、ただ思い続ける自分の恋心というものは、途中で消え入ってしまい、地上にたどり着くこともない雪のようだといっているのである。

と、ここまで考えてみて、もしこの歌に題をつけるとすれば何とつけようか。わたしなら「淡い恋心」とつけるだろう。

降る雪
空中で消えいってしまうような雪、
そのように恋いしたうのだが……
会う方法もなく
数ヶ月を経てしまった――。

かにかくに
物《もの》は思《おも》はじ
朝露《あさつゆ》の
我《あ》が身《み》一《ひと》つは
君《きみ》がまにまに

（作者未詳　巻十一の二六九一）

恋というものには、必ず悩みというものがつきまとってくるものだ。そして、あれやこれやと悩みながらも、ある時に吹っ切る時がやって来る。

「かにかくに」は、このようにあのようにということ。

「朝露の我《あ》が身一つ」という言い方は、朝露のようにはかないわたしの命ということを表現している。つまり、朝露というものは、はかないもののたとえなのである。朝、露としてそこにあっても、昼には消えてしまうものだから、そこからわたしの消え入りそうな身という表現になるのである。「君がまにまに」は、あなたのお心のままです、ということ。

この歌は、演歌ではないか、と思う。歌の名前は忘れたが、「あなた任せの夜」という演歌のフレーズがあったと思う。もうこうなってしまったら全てはあなた任せです、というような気持ちがこの歌には込められている。

それがまさにこの歌の世界である。「もうあれやこれやと思いますまい」というのは、その悩みの吹っ切れた瞬間なのである。だから、その瞬間から何もかもあなたのお心のままにとなるのである。つまり、自己という存在が消え去ってしまって、全てはあなたの気持ちのままにと言った時に、人は初めて恋の悩みから解放されるわけである。

悪く言えば、それは思考停止ということになるが……。そうなると、自分の身は、全てあなたに預けてしまいますよという状態になるのである。

恋というものは、初めは自分が好きというところからはじまる。自分、自分、自分、好きだ、好きだ、好きだという感情からはじまる。そして、最後は自分が消えてしまって、全ては好きな人のために、もう全てをあなたに預けます、という状態になるのである。

一ゝ
をく
りぬ
る
あ
りし
ふる
すに

さて、こういう恋歌をわたしがもらったら、どう思うか。「え、それだけわたしのところに身を預けてくれたら」と、いたく感激するのだろうか。それとも、少し引いて、「えー、そこまで思われてしまっては……」ということになるか。考えるだけで、ぞくぞくしてしまう。

ああだこうだと
もう思いはしますまい――。
朝露のように
はなかいわたしの命は……、
あなた任せでございます。

独《ひと》り寝《ぬ》と
薦《こも》朽《く》ちめやも
綾席《あやむしろ》
緒《を》になるまでに
君《きみ》をし待《ま》たむ

（作者未詳　巻十一の二五三八）

「綾席」は花ござのことと考えればよい。とすれば、その共寝をする床に敷いてある花ござがすり切れて紐になるまでという意味になる。ずいぶん床の上で長い時間寝て、そしてごろごろと転がらなければ、まさかござが紐になってしまうというようなことはないだろう。というより、あり得ない。

それが、紐になるまであなたをお待ちしましょうというのである。あまりの誇張の表現に、

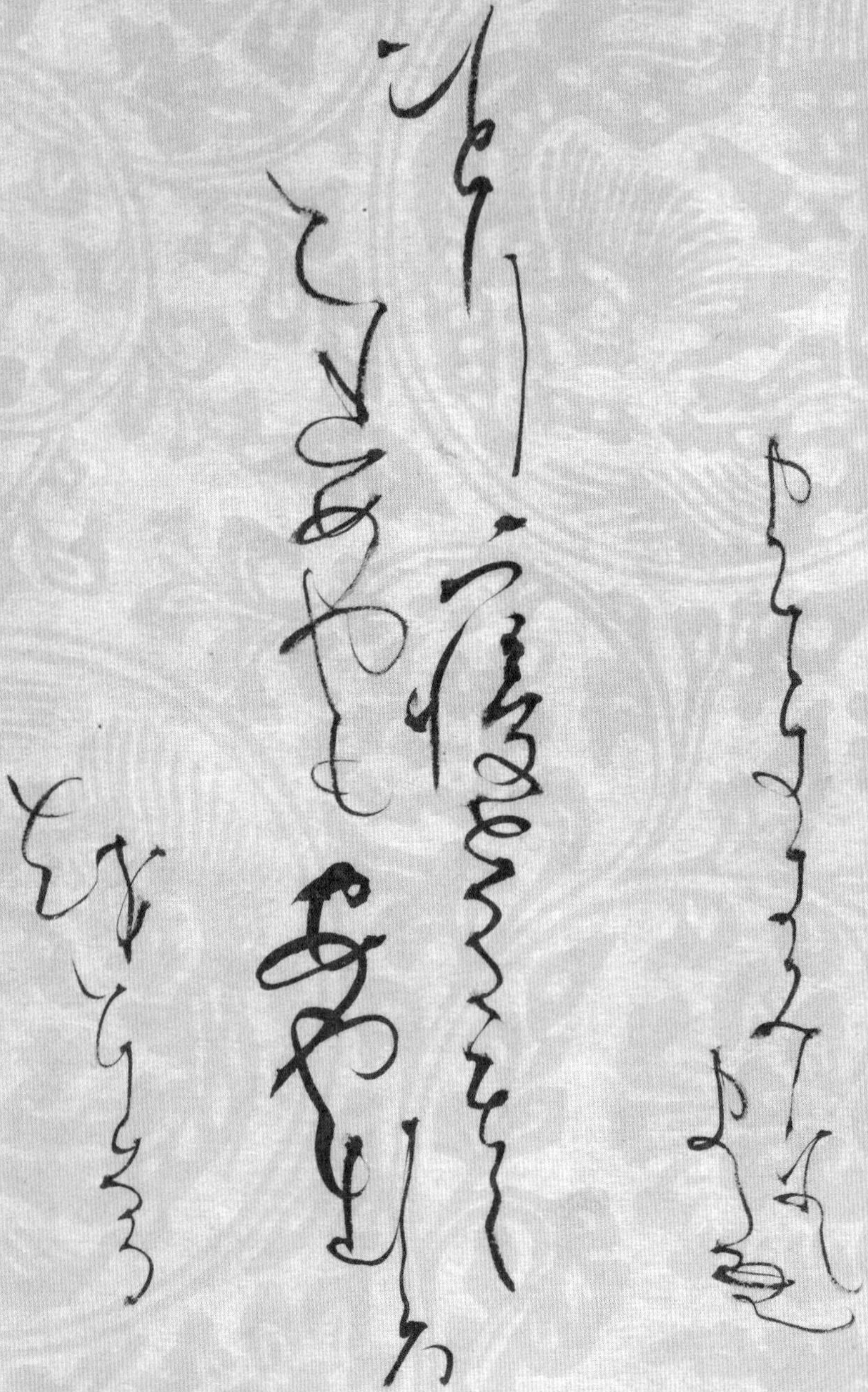

一種のおかしささえもこみあげてくる。一見、布袋に包まれて針に当たるところは見えないが、贈られた男性を鋭くチクリと刺している歌である。

別の言い方をすれば、オブラートに包んであるが、中には苦い苦い薬が入っていて、彼氏の口に入ると苦い薬が口いっぱいに広がるような歌といえるだろう。

つまり、女性は独り寝の苦しみの歌を詠んで、相手をこちらへ振り向かせたいのである。だから、表現は、いきおい挑発的、攻撃的なものになる。こういう歌い方は万葉時代の恋歌の一つのかたちである。

ひとり寝は大変苦しいもの、待つことは苦しいものである。表向きにはおだやかで性の世界は描かないけれども、裏には何か熟し切ったような男女の関係を読み取ることができる歌である。

お互いに抱き合って寝れば、床の敷物が傷む。なかなかこのあたり、言外に含まれているところは意味深長ではないか。ならば「独り寝」の場合は……？　そう女はすごんだのである。

つまり、この歌は女性がやんわりと、痛いところを突いて相手を皮肉っている歌なのである。最近ご無沙汰気味で全く訪れがなくなった男に対して、チクリと刺しているのである。

ところで、当然彼氏が来るということになれば、きれいな、きれいな綾席を敷いて彼氏が来るのを待つはずである。その綾席がどういう花ござであったか、どういう模様であったか。わたしはそこに万葉の世界を夢想する。

一人で寝ているだけでは、
床の敷物は傷むこともありますまい！
その綾席を敷いて、
紐になるまで……
アナタをお待ち申し上げましょう。

白《しろ》たへの
君《きみ》が下紐《したびも》
我《われ》さへに
今日《けふ》結《むす》びてな
逢《あ》はむ日《ひ》のため

（作者未詳　巻十二の三一八一）

『万葉集』の世界を多くの人びとに親しみやすく説かれた犬養孝先生は、よくこの歌を取り上げていらっしゃった。「皆さん、明日からはだんなさんが朝家を出る時に、ネクタイを結んであげてください。それが万葉風の愛情表現です」などと会場の女性に語りかけながら講演をされていたのを今更ながら思い出す。

この歌は愛し合っている男女が共寝をして、その別れ際に詠んだ歌。

「白たへの」は紐にかかる枕詞。「下紐」は下着の紐のことである。「我さへに」は、わたしまでも一緒にの意味。

「今日結びてな」はわたしも今日結んであげましょうということである。以下、その理由が詠まれている。すなわち、また会う日のために、である。

古代では男女が共寝をして別れる時には、彼女は彼氏の下着の紐を丁寧に結ぶという行為によって、好きなんですよという気持ちを表した。

と同時に、それは丁寧に相手の下着の紐を結べば、また会うことができるという呪術でもあったのである。共寝が終われば自分の恋しい気持ちを表すために男性は女性の下着の紐を結び、女性は男性の下着の紐を結んだのであった。何ともほほえましい光景である。

この時に下着の紐を特殊な結び方にすれば、また次に会った時に、「この前はこのように結びましたね……」と話もしたことだろう。

そういう古代の寝室で繰り広げられた男女の愛情の表現を、わたしたちは『万葉集』を通して垣間見ることができるのである。『日本書紀』や『続日本紀』のような歴史書は、そういうことは間違っても伝えてくれない。

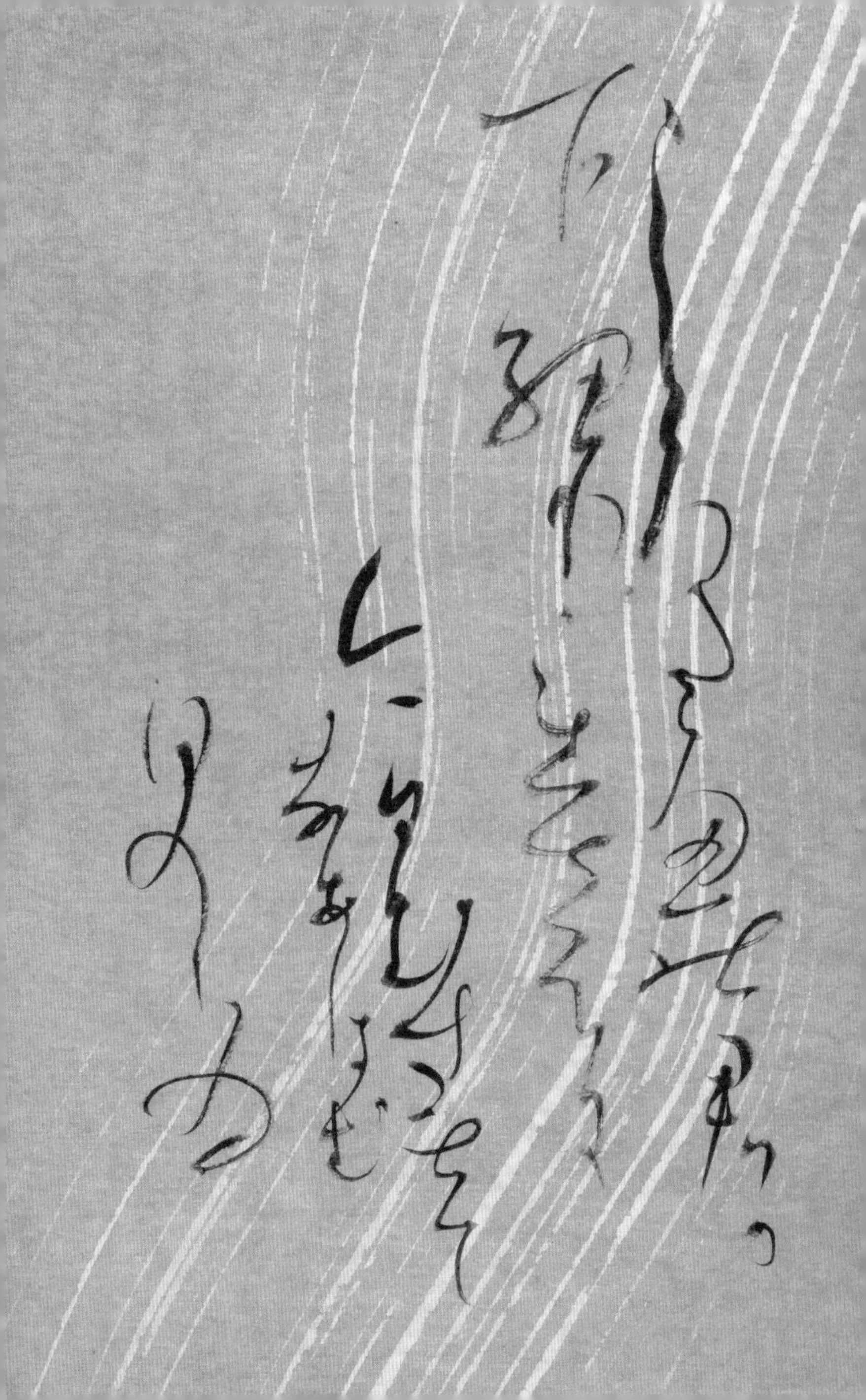

この下紐が自然にほどける時には、もう会うのが近いことを表す良い前触れ、と考えられていた。だから、結ぶ時には自分の思いを込めて、相手の紐を結んだのである。また、相手も自分の紐を丁寧に結んでくれれば気持ちは通じあったということになるのである。

アナタの下着の紐を
わたしも手を添えて……
今日は結んであげましょう。
また会う日のた・め・に。

あからひく
肌《はだ》も触《ふ》れずて
寝《ね》たれども
心《こころ》を異《け》には
我《わ》が思《おも》はなくに

（作者未詳　巻十一の二三九九）

この歌には、どういう物語があるか。わたしは、いつもこの歌を読むと歌のできたいきさつを夢想してしまう。

「あからひく」は赤い血潮がたぎるという意味。つまり、血行が良くて健康な肌ということになる。

「心を異には」は、心を別にはということで、あだな心をということである。これを女性の歌、男性の歌、どちらの歌ととるか、さまざまな説があるのだが、ここでは仮に男性の歌としておこう。

では、この歌は、どのような時に詠まれた歌なのだろうか？

ある時なんらかの理由で相思相愛の二人が同宿をするということになった。しかし、男は女の肌にも触れず寝たのであった。それに対して、「いや、わたしはあなたの肌にも触れずに寝たけれども、わたしはあだな心を持っているわけではありませんよ。あなたのことが好きなんですよ」と朝になって女に告げたのである。

以上のように想像すると純情な青年の歌と捉えることができるかもしれない。相手のことを大切に思うがゆえに、相手の肌に触れないということもある。しかし、そうは言うものの、逆に女の方が肉体関係を望んでいた場合、男の方は「君の健康な肌に触れなくて今日は寝てしまったけれども、心を別の人に奪われているわけではありませんよ」と弁解の言葉の一つも必要になってくるだろう。

わたしはこの歌を読むと、三島由紀夫の小説『潮騒』を思い出す。青春の一こま。いろんなケースがあるはずである。

つまり、人の一生というものは人それぞれ。また男女の出会いも人それぞれ。一回一回その出会いというものを異にしているのだ。

そんな出会いの一こま、そんな男女の時間の一こまが歌に切り取られて……恋歌になっているのである。

血潮のたぎる
肌に触れないまま
寝たけれども……、
あなた以外の人を
慕っているわけではないんだ——。

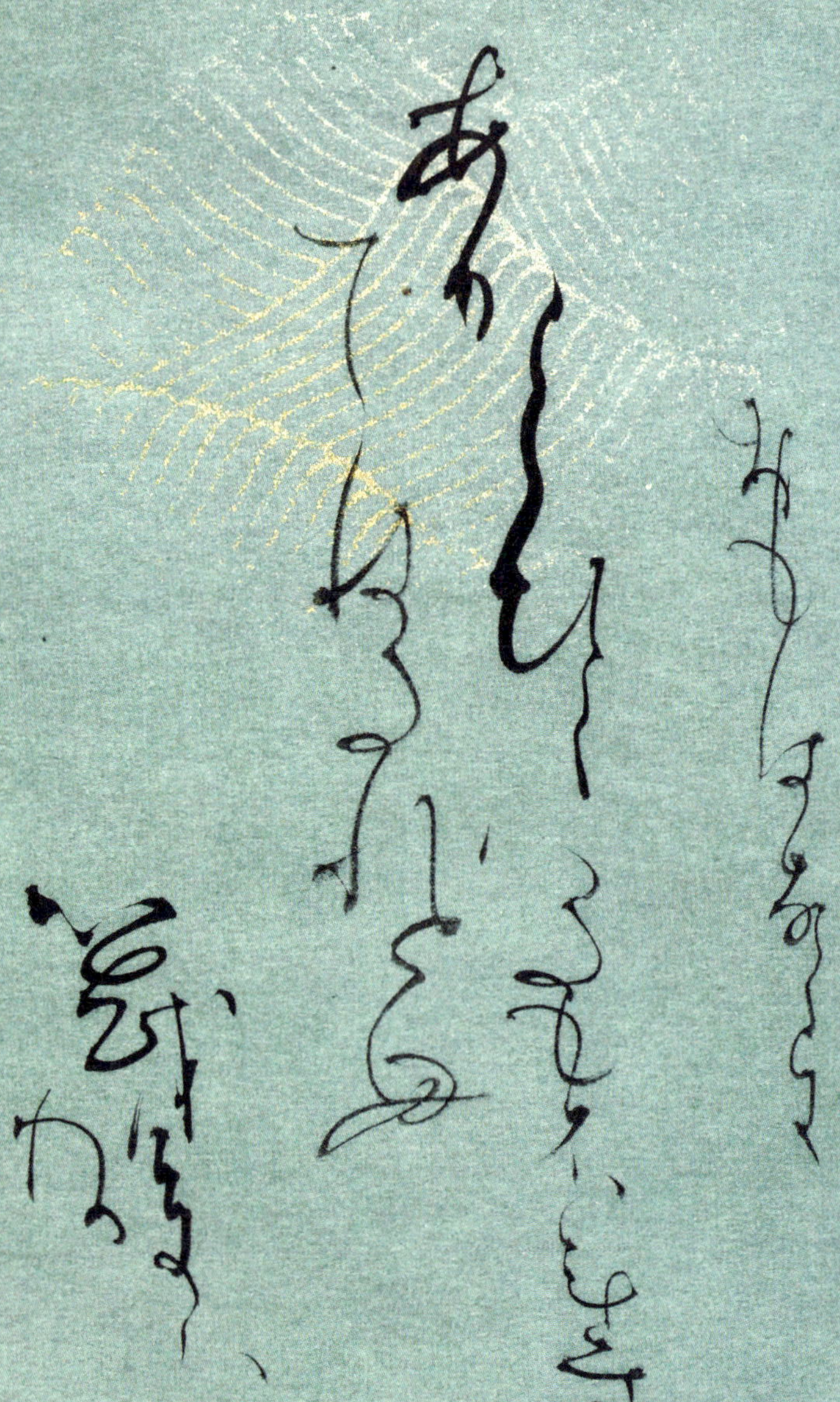

# 三章

# 想う人、想われる人

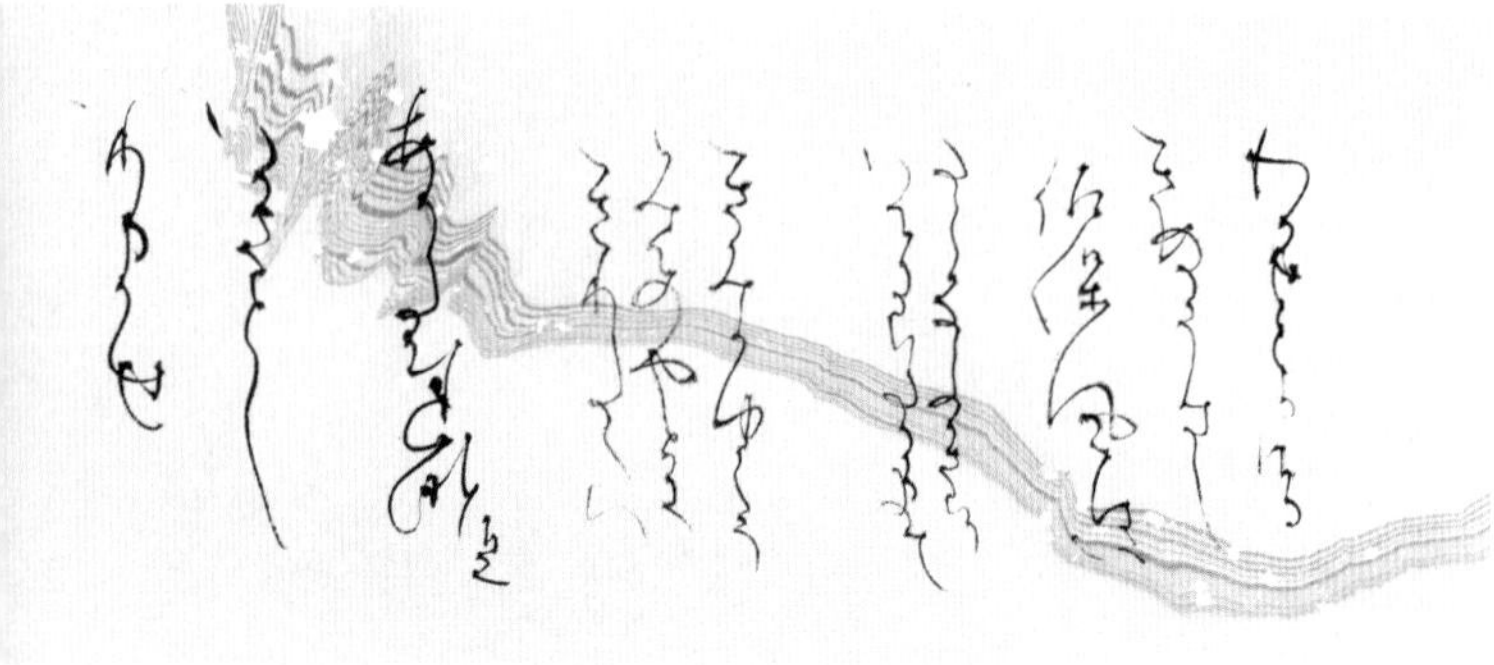

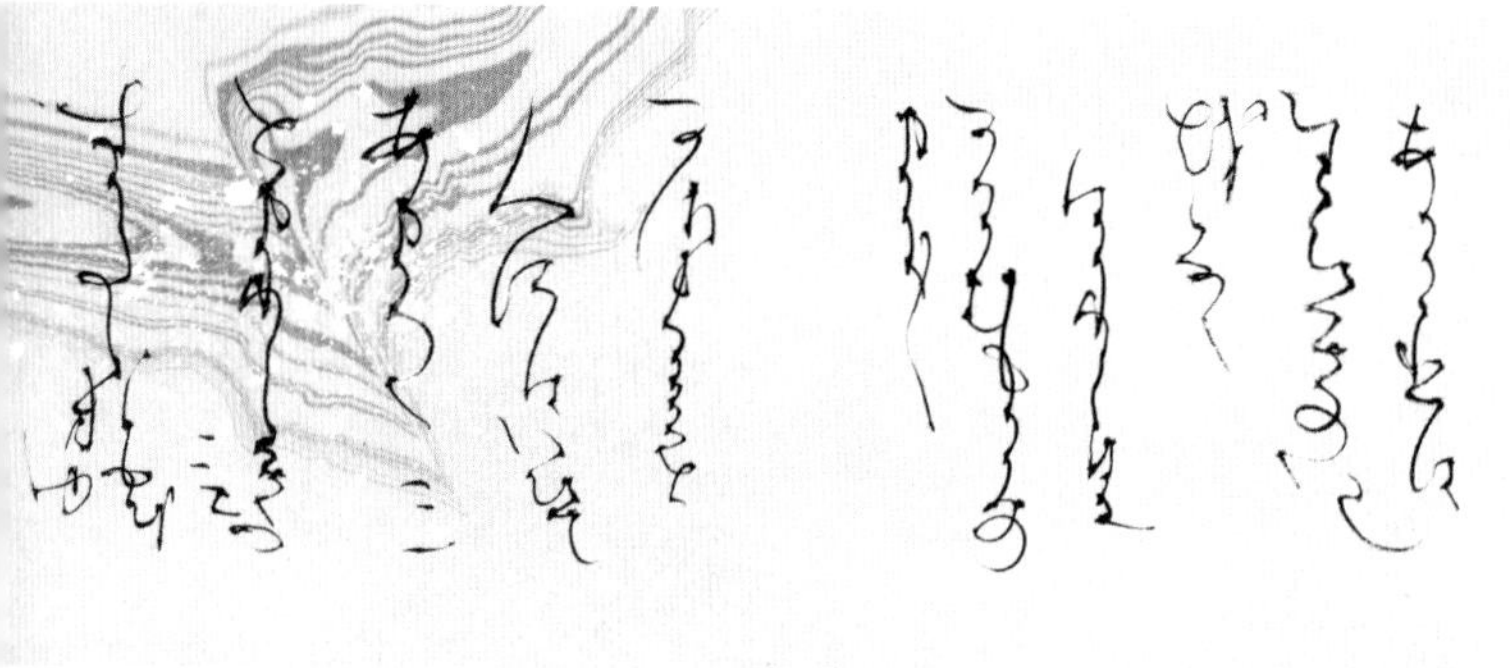

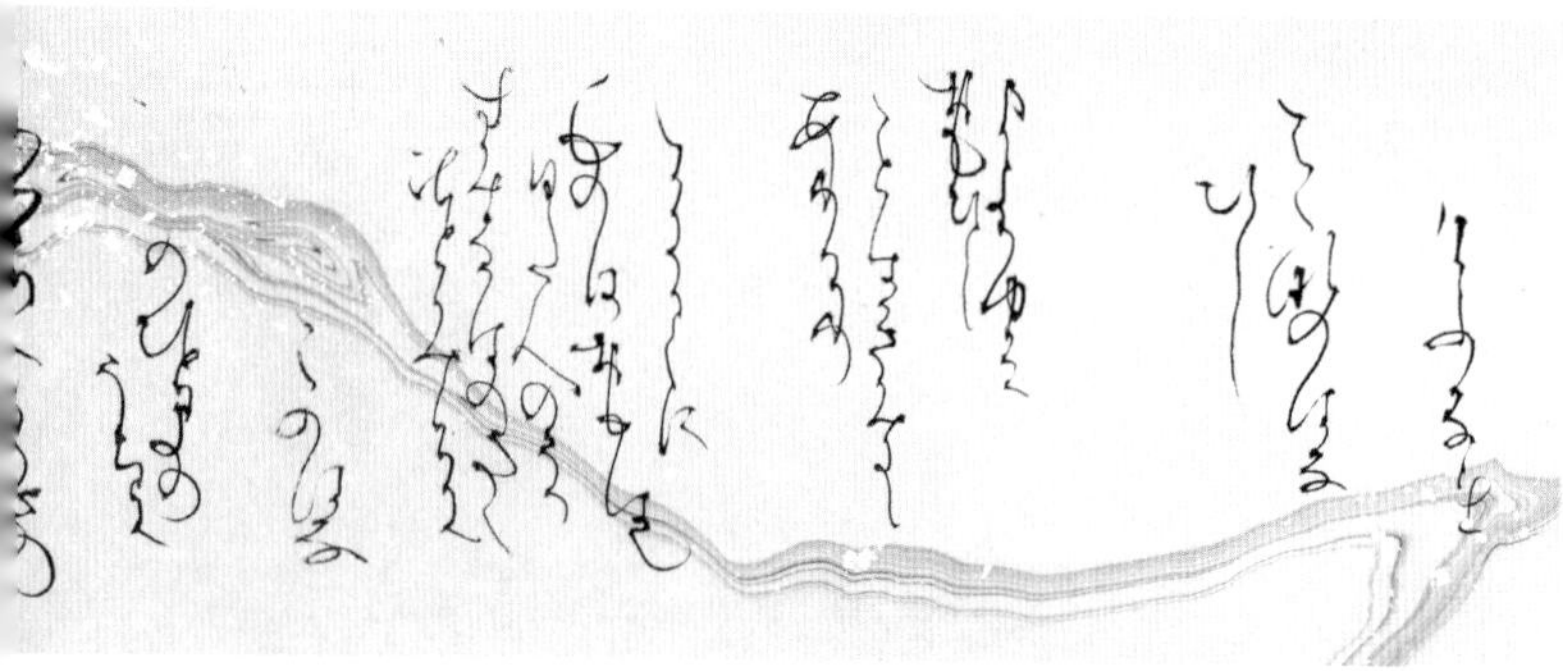

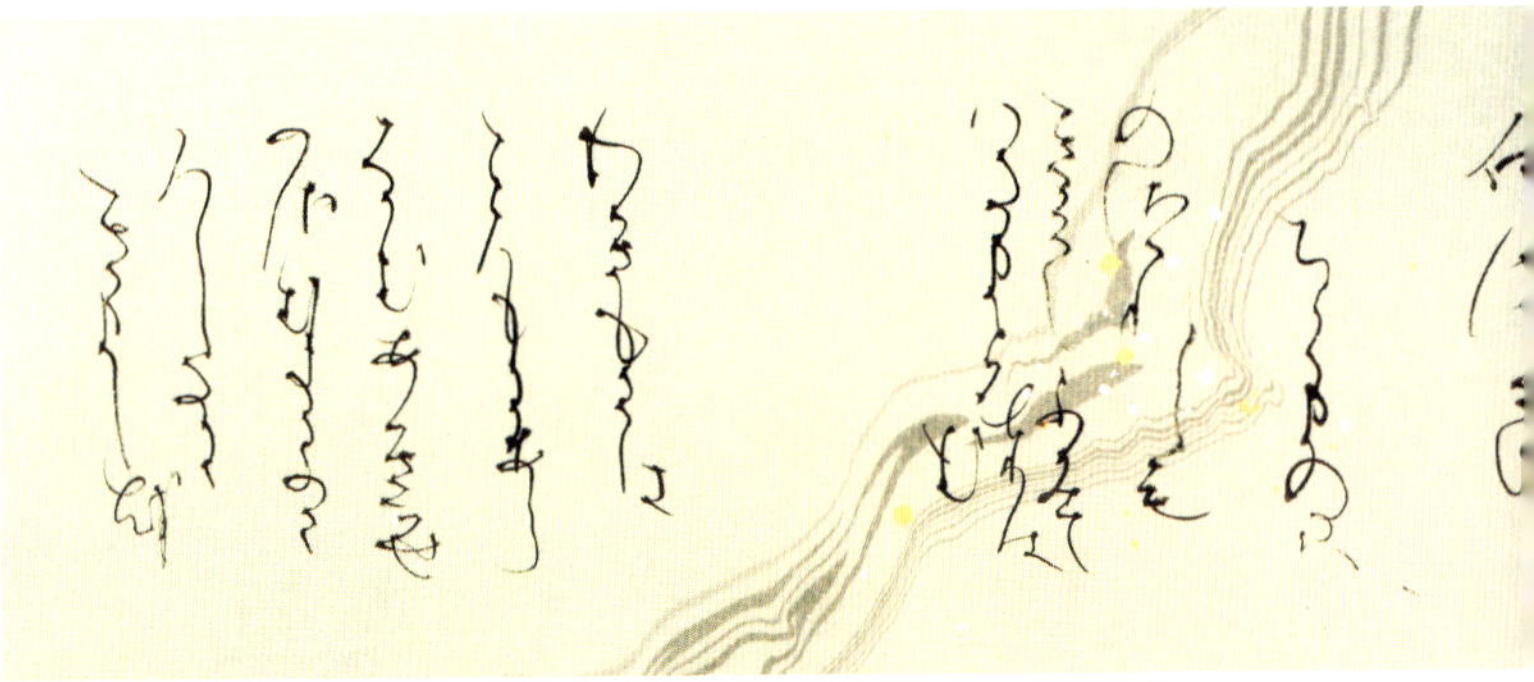

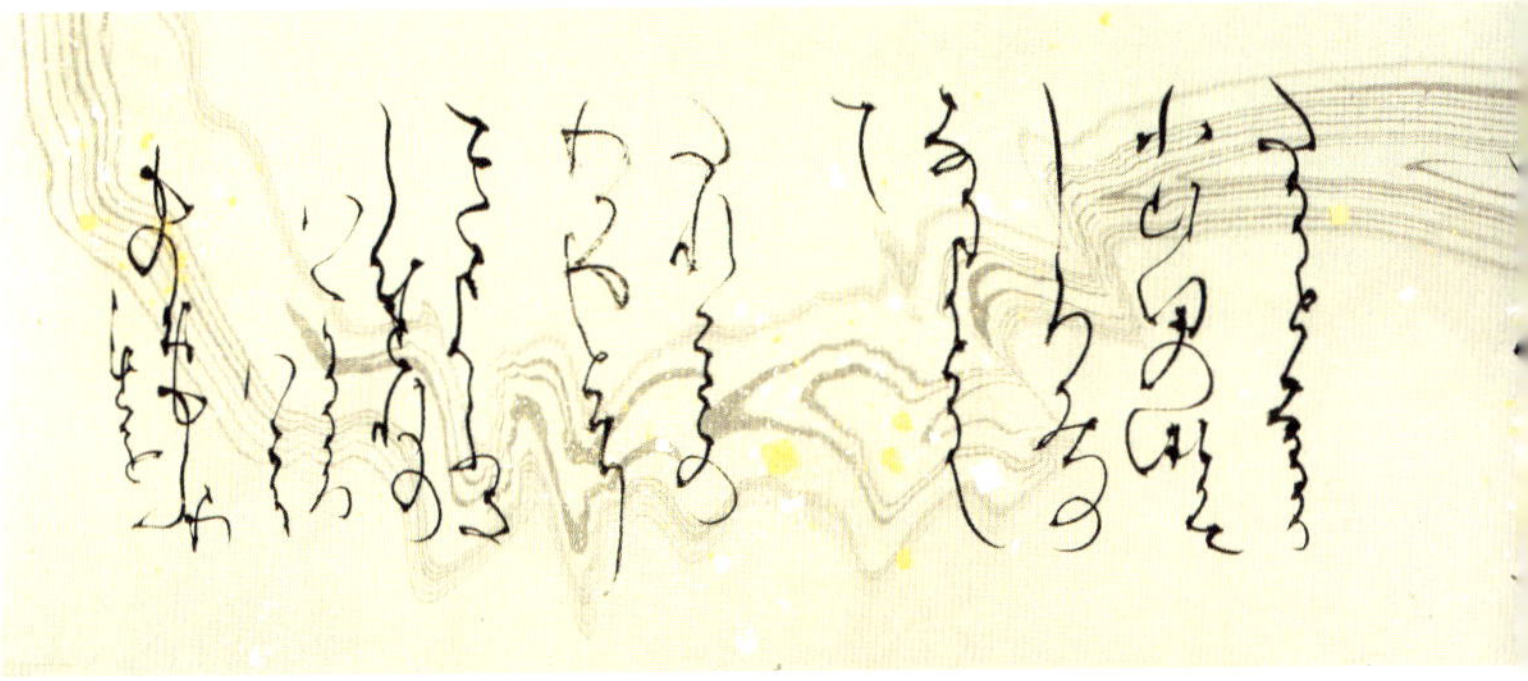

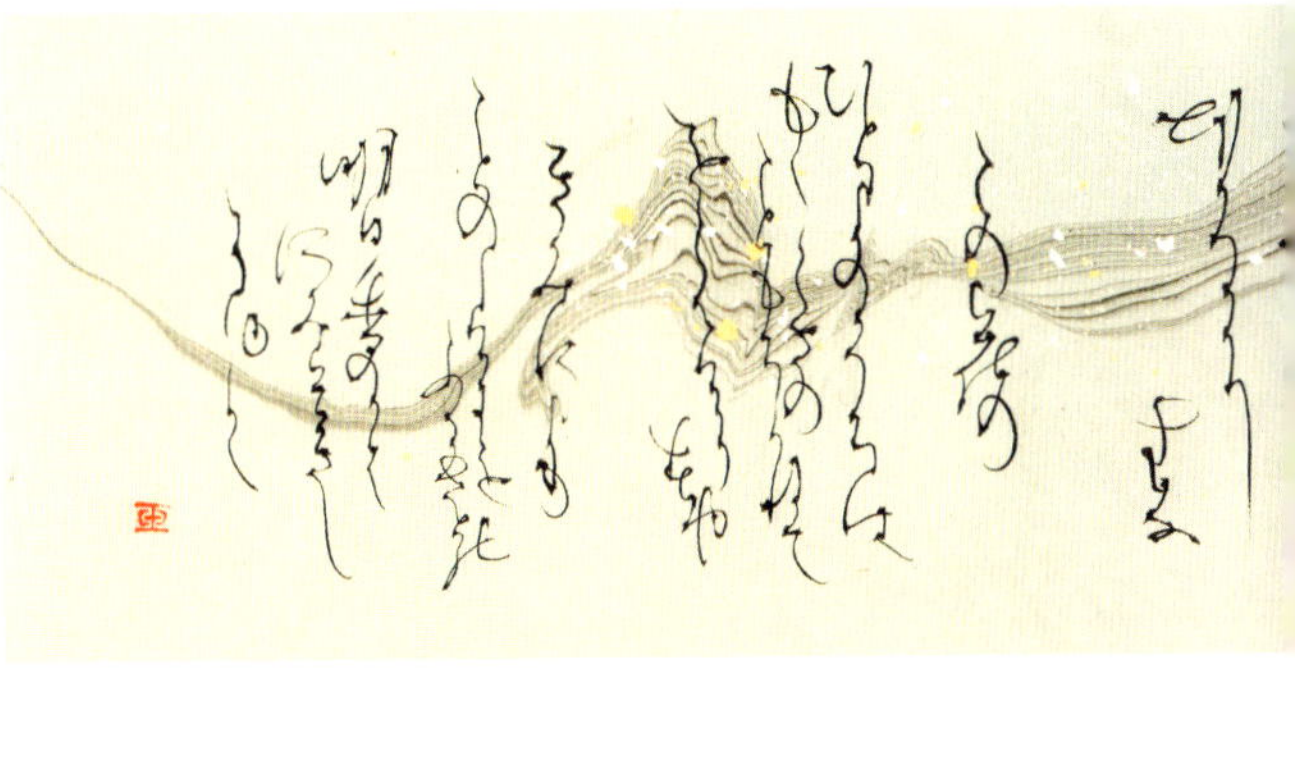

大伴坂上郎女《おほとものさかのうへのいらつめ》、姪家持《をひやかもち》の佐保《さほ》より西《にし》の宅《いへ》に還帰《かへ》るに与《あた》ふる歌一首

我《わ》が背子《せこ》が
着《け》る衣薄《きぬうす》し
佐保風《さほかぜ》は
いたくな吹《ふ》きそ
家《いへ》に至《いた》るまで

（大伴坂上郎女　巻六の九七九）

大伴坂上郎女は、大伴旅人《おほとものたびと》の異母妹にあたる女性である。したがって、旅人の子である大伴家持から見れば、叔母ということになる。

旅人亡き後、彼女は大伴氏の中心的存在となっていた。誤解を恐れずにいえば、家持の親

代わりであったろう。その叔母の家を、甥の家持が訪ねたのである。そして帰り際に、甥・家持に坂上郎女が与えた歌が、この歌である。

「我が背子」とは、大伴坂上郎女が甥の家持に呼びかけていった言葉である。一般には、「我が背子」といえば、「わたしの夫」とか「わたしの恋人」ということになるが、ここは、あえてユーモラスに表現したのであろう。その「我が背子」が着ている衣は薄い、だから風よひどく吹かないでおくれ……家に帰るまでは、と歌っているのである。

さて、「佐保風」とは、佐保に吹く風という意味である。佐保は、平城京の北に広がる地のうち、その東側の地。対して、西側に広がるのが佐紀《さき》の地である。この佐保の地に大伴氏の邸宅があったのであった。

したがって、「佐保風」とは、家を出てすぐに家持に吹きつけてくる風、ということになる。その佐保の邸宅を出て、家持が向かったのが、「題詞《だいし》」に登場する「西の宅」である。おそらく、佐保の邸宅から見て西にあったのであろう。その「西の宅」に帰り着くまでは、風よ吹いてくれるな、と風に頼んでいるのである。

なんだか、一夜をともに過ごした恋人を送り出すような歌である。そこに、甥を気遣う叔母の愛情を読み取ることができるであろう。と同時に、わたしは「じゃれあい」のようなものも感じている。

我のいい人の
着ている衣は薄いの……。
佐保の風は
きつく吹かないでね、
家にあの人が帰りつくまでは――。

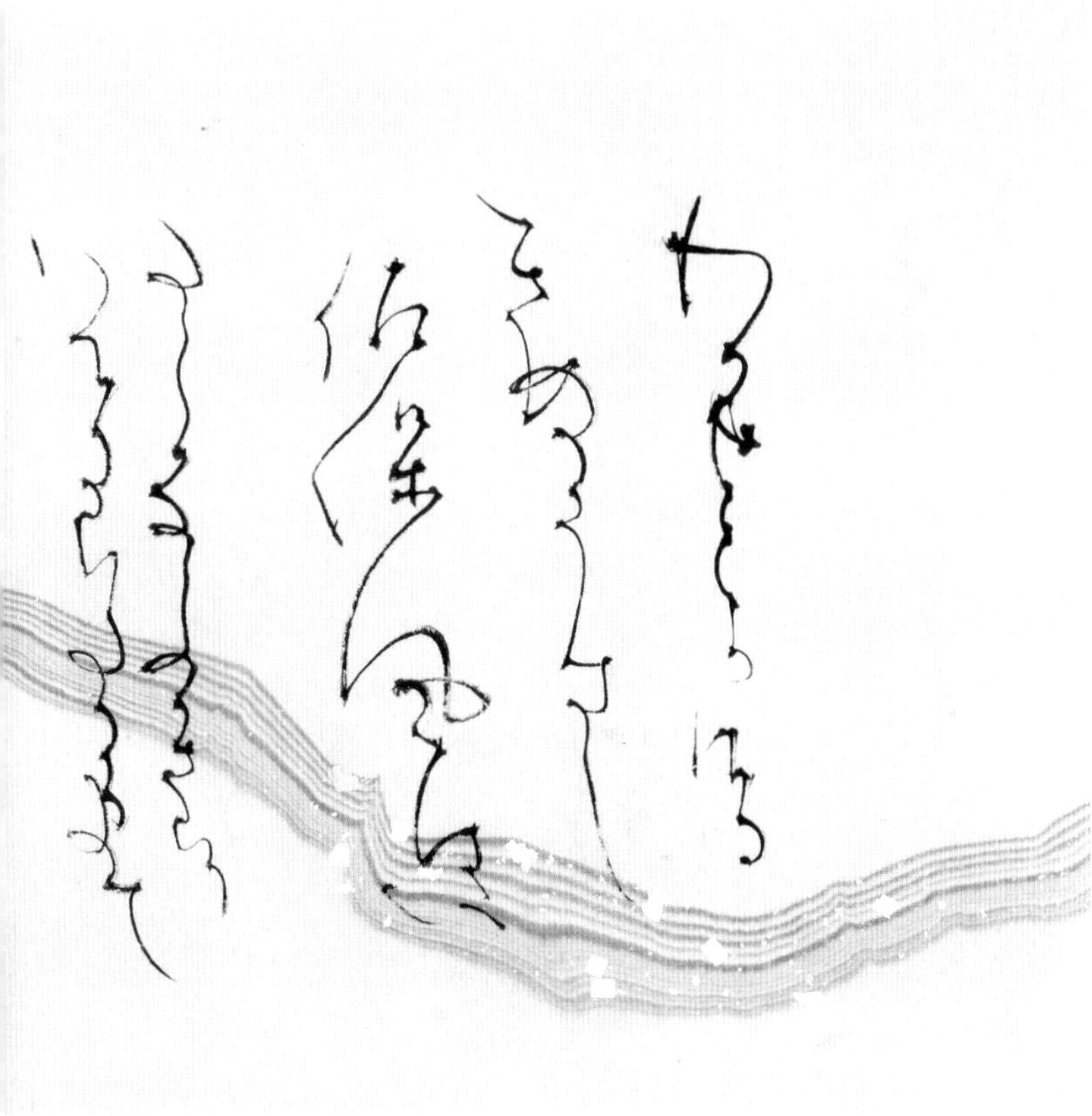

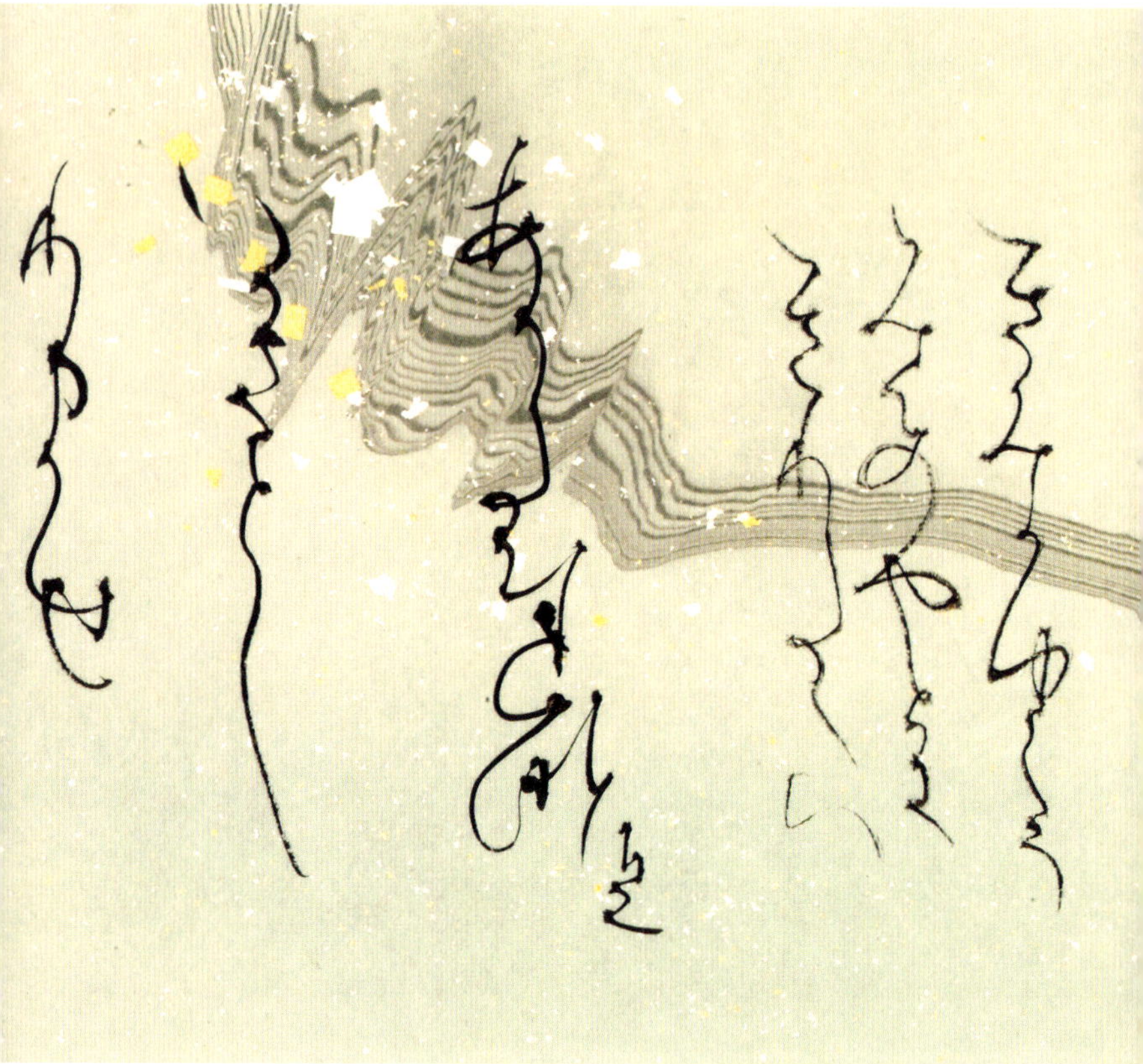

君《きみ》が行《ゆ》く
海辺《うみべ》の宿《やど》に
霧立《きりた》たば
我《あ》が立《た》ち嘆《なげ》く
息《いき》と知《し》りませ

（作者未詳　巻十五の三五八〇）

この歌は天平八年、七三六年に任命された遣新羅使人《けんしらぎしじん》の夫を送り出す妻の歌である。遣新羅使人というのは、日本から新羅の国に遣わされた人びとのことである。かの天平八年の遣新羅使人は辛酸をなめた。新羅と日本との関係がたいへん悪化している時の使者だったのである。友好関係にある時の使者ならばいいが、友好関係にないわけであり、向うでは大変な軋轢《あつれき》があったことが予想される。

さらには、任命された大使が途中で病に倒れて死んでしまったのである。また得体のしれない病気で、遥か壱岐の島で亡くなった人物もいる。これほど不安で恐ろしいことはないと思われる。そういう苦難の遣新羅使人の妻が詠んだ歌なのである。

この歌の妙は、旅行先で夫が見るであろう海の霧を自分の息にたとえて、その霧を見たらわたしの息だと思って下さい、と詠んでいるところにある。

「海辺の宿」、この場合の宿は、海辺で停泊中に過ごす場所のこと。宿舎のようなものがあれば宿舎だが、ひょっとすると船の中に寝る人も多かったかもしれない。

わたしはこの歌を読むと泣いている人のことを思い起す。

泣いている人は息があがって、はあ、はあ、はあ……というふうに呼吸が乱れている。そうすると冬の寒い時などは、口から白い息が出る。それが集まって霧になるだろうと歌っているのである。

天平八年、七三六年、旅立ちの前に妻たちはこのような歌を歌って自らの夫たちを送り出したのであった。

女は、男の旅のことをどれくらい知っていたのだろうか？

アナタが行く
海辺の宿で、
もしも霧が立ったなら……
ワタシが都で立ち嘆いている
息だと思って——
ワタシのことを思い出してください。

信濃《しなぬ》なる
千曲《ちぐま》の川《かは》の
小石《さざれし》も
君《きみ》し踏《ふ》みてば
玉《たま》と拾《ひり》はむ

（作者未詳　巻十四の三四〇〇）

亡くなった犬養孝先生がこの歌を講義する時には、必ず鹿児島県の知覧から飛び立った特攻隊の話をされた。ご両親が戦後、息子が最後に飛び立った知覧の地を訪れて、その飛行場の石を持って帰るという話である。両親にとっては子供が踏んだかもしれない石は、宝石なんだという話だった。

この話を犬養先生がされると、会場では昔のことを思い出してすすり泣く人がいたのを思い出す。

巻十四の東歌の中の一首である。

東歌は東国の歌であり、東国の民謡であると考えられたり、東国の民衆の抒情歌であると考えられたりと、さまざまに言われている。民謡か、創作歌か、さらには流行歌のようなものとして捉えていいのか、そこは意見が分れるところであるが、東国の人びとが歌った歌ということについては確かである。その東歌の中に信濃の国の歌があり、そこに当該歌が収められているのである。

「君し踏みてば」ということは、この歌は女歌であり、女性が男性のことを詠んでいることがわかる。君は恋人のことであろう。もちろん片思いでも構わないが、女性が男性を思っている歌である。玉《たま》は、玉《ぎょく》であって宝石のこと。

つまり、信濃の千曲川の川の中にある石はただの石ころだけれども、あなたが踏んだのであるならばわたしにとっては宝石よ、という意になる。なかなか純情な歌だなあと思う。

わたしと一緒に学部、大学院と勉強していた二十年来の友人の女性の万葉学者が、こんな話をしてくれたことがある。

「わたしは中学校時代に好きな男の人ができました。しかし、うち明けることができませんでしたので、放課後、誰もいなくなった教室でその好きな男の子が使っていた席の机に頬ずりをしたんです」……それほど好きだったのか。つまり、他の人から見れば石ころだが、その人から見ればそれは宝石なのである。

信濃にある千曲川の
小さな石ころも、
あなたが踏んだのでしたら……
玉として拾いましょう。

いひしまゝに

のちまても

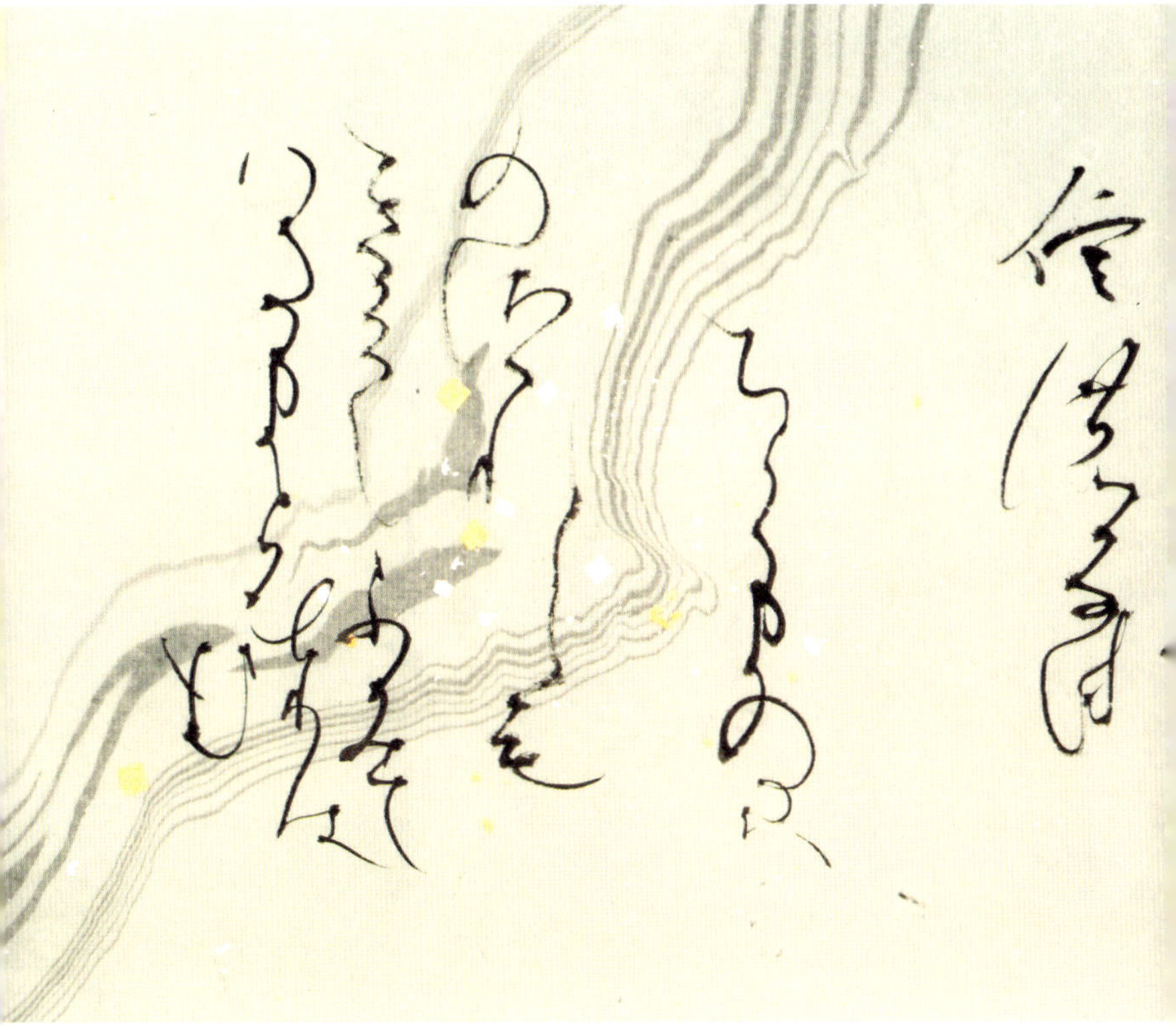

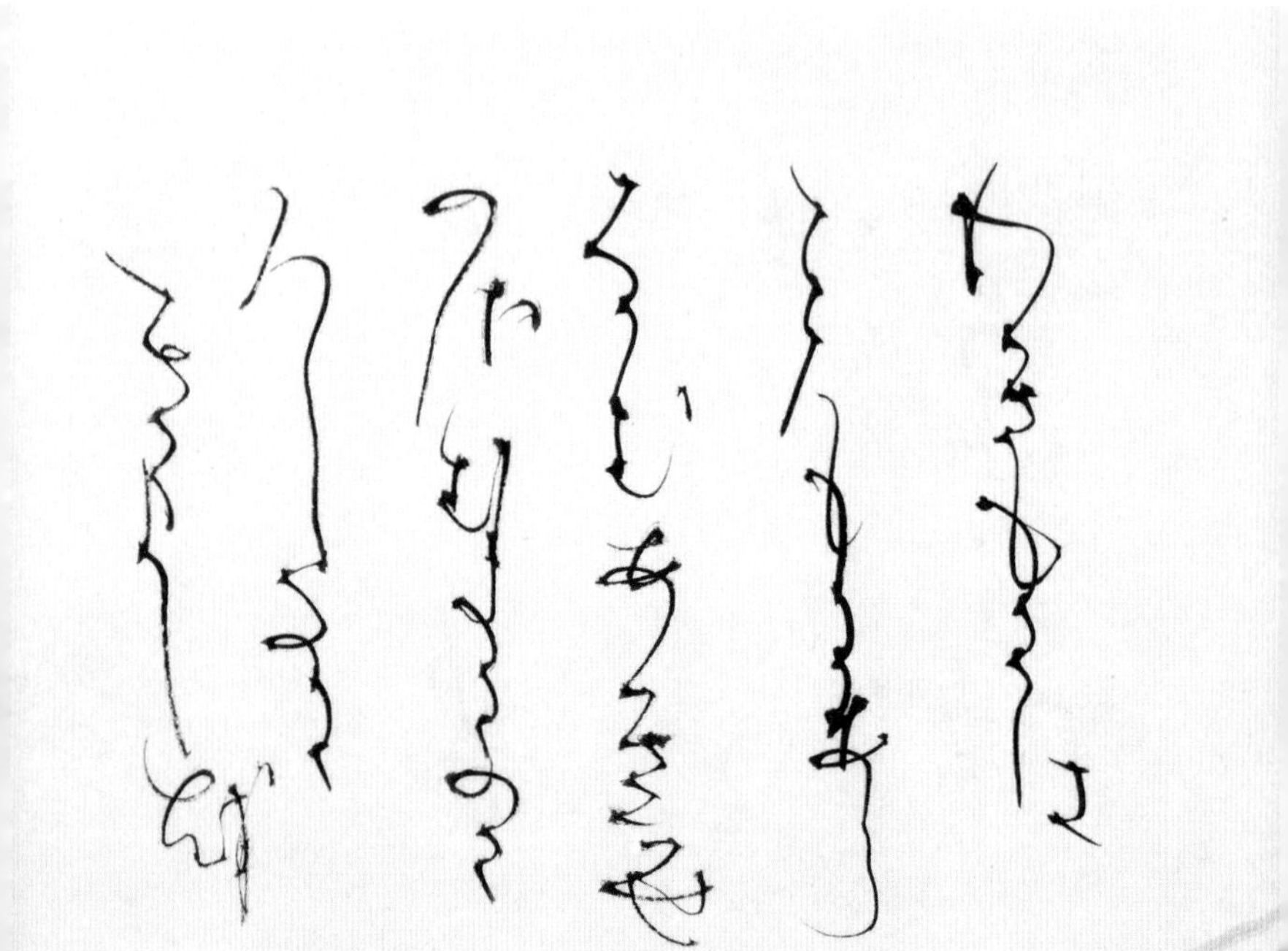

風《かぜ》に寄《よ》する

我妹子《わぎもこ》は
衣《ころも》にあらなむ
秋風《あきかぜ》の寒《さむ》きこのころ
下《した》に着《き》ましを

（作者未詳　巻十の二二六〇）

不思議なことに、多くの日本人は結婚すると南の方に新婚旅行に行くようだ。東京の人なら、戦後、一九五〇年代ぐらいまでは熱海。一九六〇年代、七〇年代は宮崎に行った。それから、日本はさらに豊かになり、ハワイに行くようになった。

それに対して失恋をしたら北の方に行くのである。

演歌の世界を見てみよう。失恋をした人は津軽海峡に行ったり、寒さをこらえて編み物をしたりする。つまり孤独という感情、淋しいという感情と寒いと言う感情は底でつながっているのである。

この歌はちょっと変わった歌である。風を冷たく感じると、ああ、もう一枚下着を着込んでいればよかったなあと思うことがある。万葉の時代だって、そうだったにちがいない。

わたしの恋人に下着になって欲しいというのは、何か理不尽な言い方だが、歌の意味はどこにあるかというと、それほどわたしは自らの恋人、自らの妻のことが好きなんです……ということである。だから、女性を差別した歌などではない。

恋人と一緒にいれば心は暖かい。秋風が寒いこの頃は下着を着るようによりそっていたいというのである。

『万葉集』の時代には好きになった男性に、女性が自分の着ている下着を贈ることは、一般的な行為であった。それは、親愛の情を表すプレゼントであり、決してアブノーマルな行為ではなかったのである。

女の人から下着を贈るのは、暖かくして欲しいということもあろうし、もう一つは、いつもわたしをそばに感じていて欲しいという気持ちも込められていたはずだ。それは、いつもわたしがそばにいると感じていれば、けっして寒くはないはずだという論理につながっているわけである。
ここに私は、古代人の情感を感じる。

俺の彼女が、
下着であったらな――。
秋風が寒いこの頃は……
下に着ることができるから。

我《あ》が恋《こひ》は
千引《ちび》きの石《いし》を
七《なな》ばかり
首《くび》に掛《か》けむも
神《かみ》のまにまに

（大伴家持　巻四の七四三）

「千引きの石」とは、千人が力を合わさないと動かない石のこと。ということは、たいへん大きな石、石というより岩あるいは山というべきものであろう。

大伴宿禰《おほとものすくね》家持《やかもち》が坂上大嬢《さかのうへのだいぢゃう》に贈った歌十五首の第三首目の歌である。

坂上大嬢は大伴坂上郎女《おほとものさかのうへのいらつめ》の娘で、家持の妻となった女性であるから、家持が贈ったラブレターをちょっと垣間見せてもらったような歌である。ならば、奈良時代の人はどんなラブレターを書いたのか？

万葉の時代の人びとは、よく自分の恋心を、大きさとか、重さにたとえる。そのいちばんわかりやすい例が、この歌である。

恋というのは、突然降って湧いてくるものである。計算して人を好きになれるものではない。それは、医者だって治せぬ病だから。

その気持ちの重さの表現として、千人が力を合わさないと動かない石を七つも首に引っかけたくらいだと家持は歌っているのである。そうすると自分はもう身動きがとれない。なんとも重い恋心なのである。

さあ、ここからが解釈の分かれ目。

読み手の文学観が問われるところだが、ほんとうに家持は自分の切ない気持ちを大伴坂上大嬢にこのように贈ったのだろうか。それとも仲の良いカップルがじゃれ合うように恋心を歌ったのか。つまり、ちょっと相手に気を持たせながら遊ぶような感覚で歌った歌と考えればよいのか。

どちらか、わたしには決めることはできない。ある時は、ああなるほど真剣な恋歌だなあと思うこともあり、反対にこういう歌を真剣な恋歌として贈ったら、滑稽ではないかと思ったりすることもある。

わたしの恋心は、
千人が力を合わさないと動かない石を
七つばかり
首に掛けたくらいの気持ちです！
それも神様の思し召しなんでしょうか……。

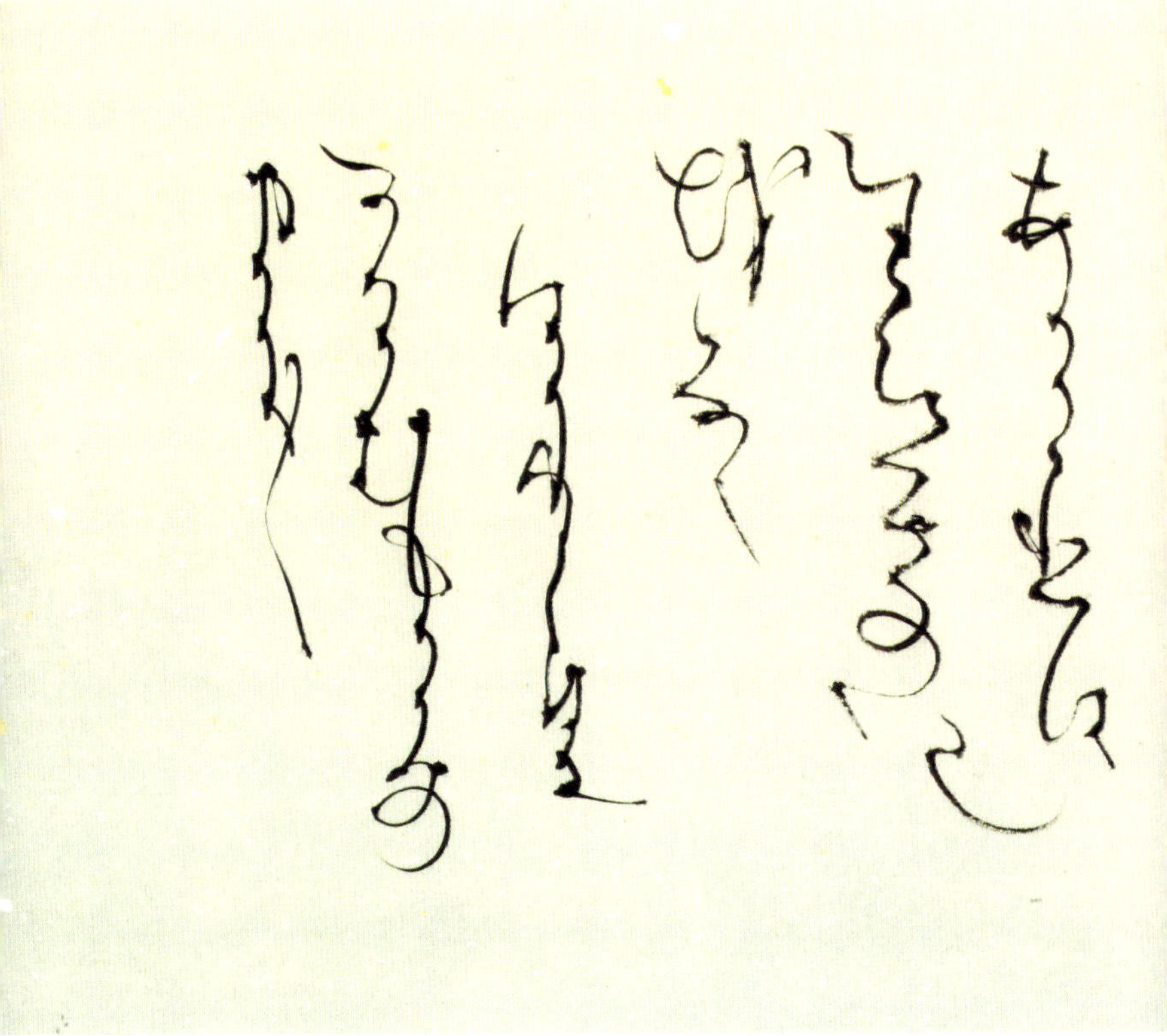

笠《かさ》なみと
人《ひと》には言《い》ひて
雨《あま》つつみ
留《と》まりし君《きみ》が
姿《すがた》し思《おも》ほゆ

（作者未詳　巻十一の二六八四）

この歌は雨が恋の小道具になっている歌である。『万葉集』の時代は男性が女性の家に訪ねていくという結婚のかたちをとっていた。妻訪《つまど》い婚《こん》である。だからデートする時には、男性はその夜のうちに帰ってしまうこともあれば、一晩泊ってゆくこともある。その時に、どういう会話が奈良時代のカップルの中で交わされたか。この歌は、二人の会話をほうふつとさせてくれる歌である。

さて、わたしは当該歌を読むとこういう場面を想像してしまう。他人に、今日は何々さんのところにデートに行くんだ。でもね、早く帰ってくるつもりだよ、と言った。ところが、やはり恋をしている二人にとっては時間が短い。一晩という時間なんか、一秒か二秒にしか感じない。ふっと気が付くともう朝だ。そうなると、当然今日は早く帰ってくると言った相手にはバツが悪い。

どういうふうに言えばいいのかな。そこで「雨だったでしょう、笠がないのでしかたなくて泊まってきたんですよ、あははは……」と笑いながらごまかした。

つまり、恋の小道具として、笠がないから泊まったんだよ、愛しいから泊まったんじゃないんだよ、と他人には言ったのではないか。

この歌は、そんなことを他人には言って泊まってゆきましたねと女性が回想した歌である。つまり、彼は恥ずかしがり屋だから、笠がないから泊まっていったんだよと他人には言ってましたね……と回想している歌とわたしは考えている。

この気持ちは、わたしにはよくわかる。自分が熱愛をしていることを、他人に悟られたくないという気持ちが働くこともあるのではないか。だから、朝まで共に過ごしていたと言わなくてはいけない時には、何かしらの理由をつけて言う。こういうことは今でもある。
名歌として取り上げられることなどまったくない歌だが、奈良時代のカップルの微妙な気持ちが伝わってくる歌である。

笠がないのでと
人には言って、
雨宿りして泊まっていった
アナタの姿が……
思い出されます。

紀女郎《きのいらつめ》が家持《やかもち》に報《こた》へ贈る歌一首

言出《こちで》しは
誰《た》が言《こと》なるか
小山田《をやまだ》の
苗代水《なはしろみづ》の
中淀《なかよど》にして

（紀女郎　巻四の七七六）

「小山田」というのは小さな山の田圃のこと。「苗代」というのは田植えのために籾《もみ》を蒔《ま》いて発芽させて苗を育てる場所のことである。苗代には当然水が必要だが、冷たい水では困る。発芽によくないからである。そこで、山にある田圃では水路を長く延ばして、山間の冷たい水が温かくなって苗代に入ってゆくようにする。水路を長くすると、中淀ができる。中淀とは、水が淀んで流れないところのことである。水がゆっくり流れるようにすれば、その間に水は温まるので、中淀は山間部の田圃の苗代には、必要なものだったのである。

そういうふうに理解してゆくと、この歌はひじょうにおもしろい歌となる。つまり、中淀というのは付き合いが中だるみ状態になるということだ。

大伴家持の恋人の一人に紀女郎という女性がいた。しかし、どうしても彼女と会う時間が取れないので、大伴家持は次のような歌を贈った。それは「鶉鳴《うづらな》く　故《ふ》りにし郷《さと》ゆ　思《おも》へども　なにぞも妹《いも》に　逢《あ》ふよしもなき」（巻四の七七五）という歌である。この時は都が久邇《くに》京《きょう》に遷っているので、奈良の都は古い都となっていた。「古い奈良の都にいた時から思っていますが、どうしてもあなたに会う機会がないのです。どうしてあなたに会う機会がないのでしょう。行きたいのはやまやまなんですが、そういう機会が今のところなくて……」と弁解がましい歌を家持は贈ったのである。

少し心が離れたか、ないしはほんとうに行く機会がなかったのか、これはわからない。しかし、歌を見るかぎり、家持はずいぶんのご無沙汰だったようだ。すまん、すまん……という気持ちでこの歌を贈ったのだろう。

ここで取り上げたのは、それに答えた紀女郎の歌である。紀女郎は家持の歌にこう答える。

お付き合いしたいと言い出したのは誰の方でございましょうか。つまり最初に言葉をかけたのはどちらでしょうかと、紀女郎は言っているのである。

この歌で、「あなたの方から声をかけてきたのに、こんなにご無沙汰続きなんて許せないわ」と、紀女郎は家持にお灸をすえているのである。

ちょっと表現にひねりを加えながら……相手の痛いところをつく。そういういたずら心がこの歌にはある。

言い出したのは、
誰でしたっけね……。
山の田圃の
苗代水のように、
お付き合いが途中で淀んだりして……。

てうちいてあるいうしるるるし

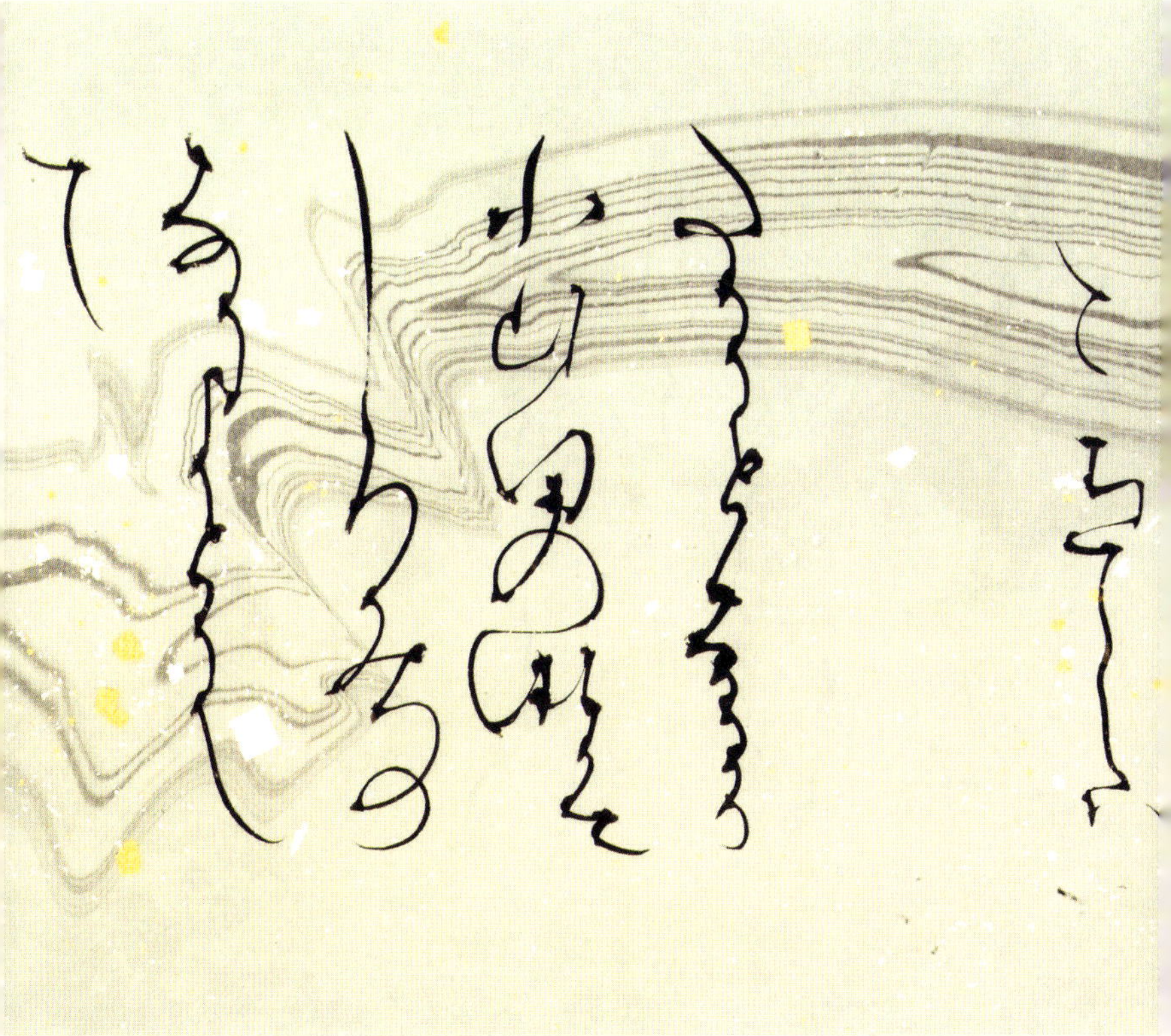

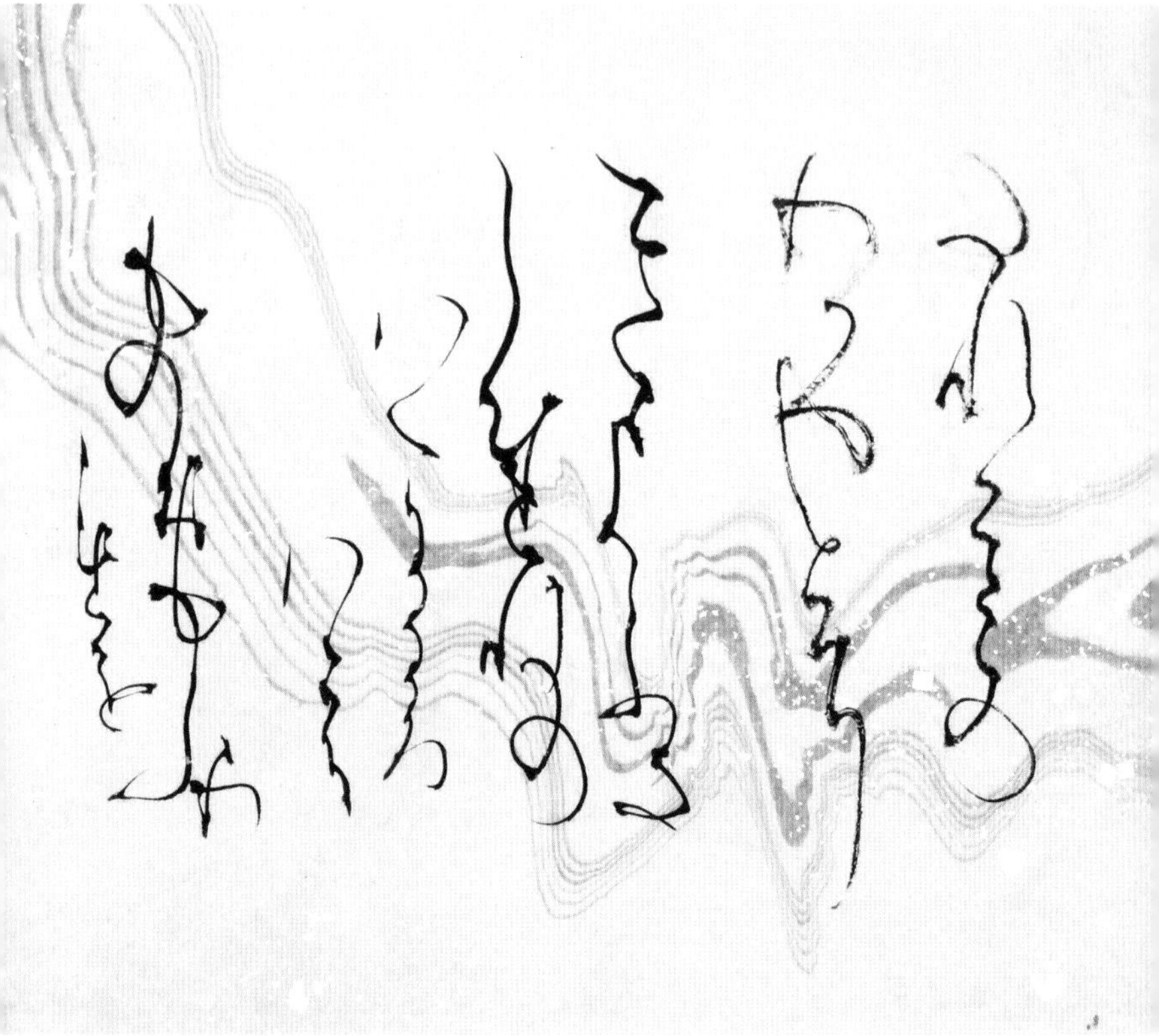

誰《たれ》ぞこの
我《わ》がやどに来呼《きよ》ぶ
たらちねの
母《はは》にころはえ
物思《ものおも》ふ我《われ》を

（作者未詳　巻十一の二五二七）

この歌は年頃の娘さんの気持ちが表れた歌である。万葉の時代のスナップ写真を見るようにわたしはこの歌を読む。

言い方を変えれば、万葉時代の青春とはこういうものであったのか、とわかるような気がする歌である。

古代の社会では、子供の結婚に対していちばん影響力を持っているのはじつは母親であった。古代は母系社会で、母親が家のことを任されていたから、母親の権利が強かったのである。母親が家を守っているから子供の監督も母親がやるのである。

しかも、古代においては、女性の家を男性が訪れていく妻訪《つまど》い婚《こん》だったから、男性が夜訪ねていく女性の家は、その恋人の母親がきりもりする家ということである。母親の監督が厳しくてデートができないという歌が『万葉集』に多いのはそのためなのである。

「たらちねの」は、母にかかる枕詞。「ころはえ」は、怒られている、叱責されているという意味である。

そうすると、当然、何で怒られているのかということが気にかかるが、おそらくそれは男女関係のことではないだろうか。つまり、母親が結婚させたくないと思っているような男性と、この女性はどうも恋仲になったようなのである。

お母さんは、あんな男と付き合ってはだめよといって、怒っている。そのまさに怒っている時か、ないしは怒られて娘さんが「しゅーん」となっている時に、問題の男がやって来て自分の名前を呼んでデートに誘い出そうとしている。こんなに、バツの悪いことはないだろう。

おそらく母親が娘の結婚に反対してかなり神経質になっていた折も折、彼氏がやって来てしまったのである。つまり、なんてタイミングの悪い人かしら、よりによってこんな時に、という歌なのである。

誰なんですか？
このわが家に来て、わたしの名前を呼ぶのは……。
お母さんに叱られて、
物思いに耽っている時に――。

今日《けふ》なれば　鼻《はな》の鼻《はな》ひし　眉《まよ》かゆみ
思《おも》ひしことは　君《きみ》にしありけり

（作者未詳　巻十一の二八〇九）

今や花粉症が、国民病となっている。春になると、ここでも、あそこでも、はくしょん、はくしょんとくしゃみをして、おまけに目も痒い。もし万葉時代の人が現代にやって来たら、「凄いなあ、これだけ、くしゃみをみんながしているということは……!?」と驚くだろう。

とある学生さんから「万葉時代にも花粉症があったんでしょうか」と聞かれたことがあった。そこでわたしは、「『鼻《はな》ふ』という動詞があって、その連用形が『鼻ひ』になる。くしゃみをすることだ。それを調べてご覧」と言ったことがある。

巻十一の問答歌。これは答えの歌で、この歌の前には問いかけの歌がある。それは、「眉《まよ》根《ね》掻《か》き　鼻《はな》ひ紐《ひも》解《と》け　待《ま》てりやも　いつかも見《み》むと　恋《こ》ひ来《こ》し我《あれ》を」（巻十一の二八〇八）というものである。訳すと、「眉を掻いて、くしゃみをして、紐をほどいて待っていてくれたんですか？　早く会いたいと恋しく思い続けてやって来たわたしを」ということになろうか。これは男の歌で、女に対して、問いかけた歌である。

万葉びとは、恋人が強く思うと眉が痒くなる、くしゃみが出る、会いたいなあと思い続けると相手の下着の紐がほどける、と信じていたから、それを逆手にとることもあった。すなわち、恋人に会いたいと願う人は痒くもないのに眉を掻き、わざとくしゃみをし、下着の紐をほどくのである。すると相手がやって来ると信じたのである。これは、恋人に会うためのまじないといっていい。この男は相思相愛だと思っていたから、わたしがこんなに思っているのだからあなたは眉が痒くなったでしょうし、くしゃみをしたでしょうし、紐はほどけたでしょうし……と堂々と言えたのであろう。

それに対して女が答えたのが取り上げた歌である。「わたしの鼻はくしゃみでもうたいへんだったんですよ。眉は痒くてたいへんだったんですよ。ということは、あなたがそれほど思ってくださったからなんですね。それはあなたに会える前兆だったのですね」と女性は答えている。何とも自信たっぷりの男。それに受けて立った女の歌の見事なこと。

このような俗信は、現在にも存在している。たとえば、思われにきび、思いにきびもその一つであろう。にきびのできる場所で恋占いをするのである。人が噂をすると、噂をされている本人がくしゃみをしてしまうという、俗信もある。

人の思いが念力となって、相手の鼻が反応してくしゃみが出たり、眉が反応して痒くなったりするのである。こういう歌こそ、中学生や高校生に読んで欲しいと思うのだが……。

今日はなんだか、
もう鼻がむずむずして、くしゃみが出て、
眉が痒い……
と思ったら
アナタに会える前兆だったのですね――。

かすかに
ひびく

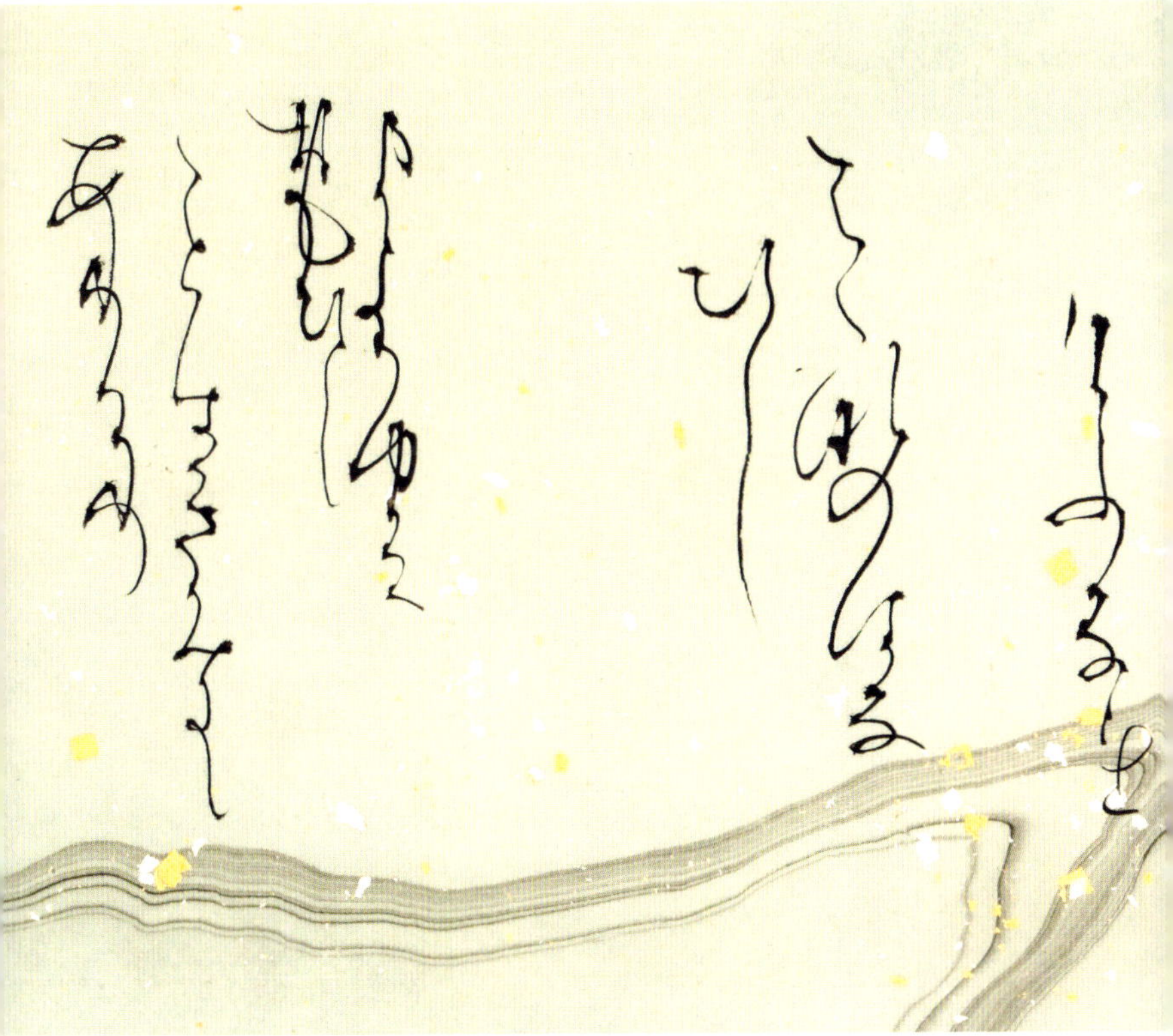

かにかくに
物《もの》は思《おも》はじ
飛騨人《ひだひと》の
打《う》つ墨縄《すみなは》の
ただ一道《ひとみち》に

（作者未詳　巻十一の二六四八）

恋する道は、一すじの道と言いたいのか？

成人式の時に、「上野先生、何か短いお話をしていただけませんか」と言われることがある。そういう時にわたしはこの歌を読んで、新成人の人に少しお説教をする。随分嫌がられているのではないかと思うが、「これまでは、いろんなことを勉強して……こういう可能性もある、ああいう可能性もあると、いろんなことを考えてきたと思いますが、二十代の半ばを過ぎれば職業人としてしっかり一本立ちしていかなければなりません。その時には専門分野というものを持って、その道のプロにならなければなりません。だから、一本道でその方向に進んでいく気構えがなくてはなりませんよ。これからは」と話し、この歌を説明することにしている。

「かにかくに」は、あれやこれや。「飛騨人」とは、飛騨からやって来た飛騨の工匠《たくみ》のことである。

飛騨といえば、名匠の里。有名なのが左甚五郎である。さかのぼって飛騨は、おそらく奈良時代あたりから、木工技術では秀でた地域だったのであろう。そして、その飛騨の職人さんたちが都で腕をふるっていたのであろう。つまり、飛騨人といえば優秀な木工職人ということになっていたのである。

最近では墨縄を使って木を切ったりする大工さんが少なくなった。墨縄というのは、木工には欠かせない道具である。糸に墨を染み込ませて、それを両側から引っ張り、ぴーんと引っ張ったところで真ん中をつまみ、手を離すと、その反動で木に真っ直ぐな線を引くことができる。これが墨縄である。この原型が、すでに奈良時代にあり、正倉院には「墨斗《ぼくと》」がある。

飛騨の名工たちが打つ墨縄は、ただ一本道に真っ直ぐ線が引けている。そのように、わたしは一本道に思い続けましょうというのである。なんともすがすがしい歌である。つまり、真っ直ぐ生きよう。いろいろ物を考えずに、一本道で行こうということを墨縄の一直線にたとえているのである。

わたしは男なので、どうしても男の歌として読んでしまう。好きな女性を思う歌に。わけありの恋、人には人それぞれの事情がある。しかし、ここまで好きになったんだったら、もう一直線、一本道で突き進むぞという時に、この歌を詠んだのではないか、とわたしは想像する。そう話したら、「いえいえ、女の人だってこういう気持ちになりますよ」と女子学生からさとされた。

この歌の一つの妙は、たとえが具体的であることだと思う。木工技術で優秀な飛騨の工匠が打つ墨縄であるから、真っ直ぐ、その真っ直ぐなようにと畳みかけるので、表現が具体的でわかりやすいのである。

この歌をはじめて読んだ時にわたしは、この歌を誰かに贈ろうとすら思った。それほどわたしの好きな歌の一つである（ただし、その顛末《てんまつ》は、あまりにも甘酸っぱくて今語ることができないが……）。

あれやこれやと
これからは物は思いますまい――。
飛騨人が打つ
墨縄のように……
ただ、一本道に思い続けよう。

あはれとも
いふべき人は
おもほえで
みのいたづらに
なりぬべきかな

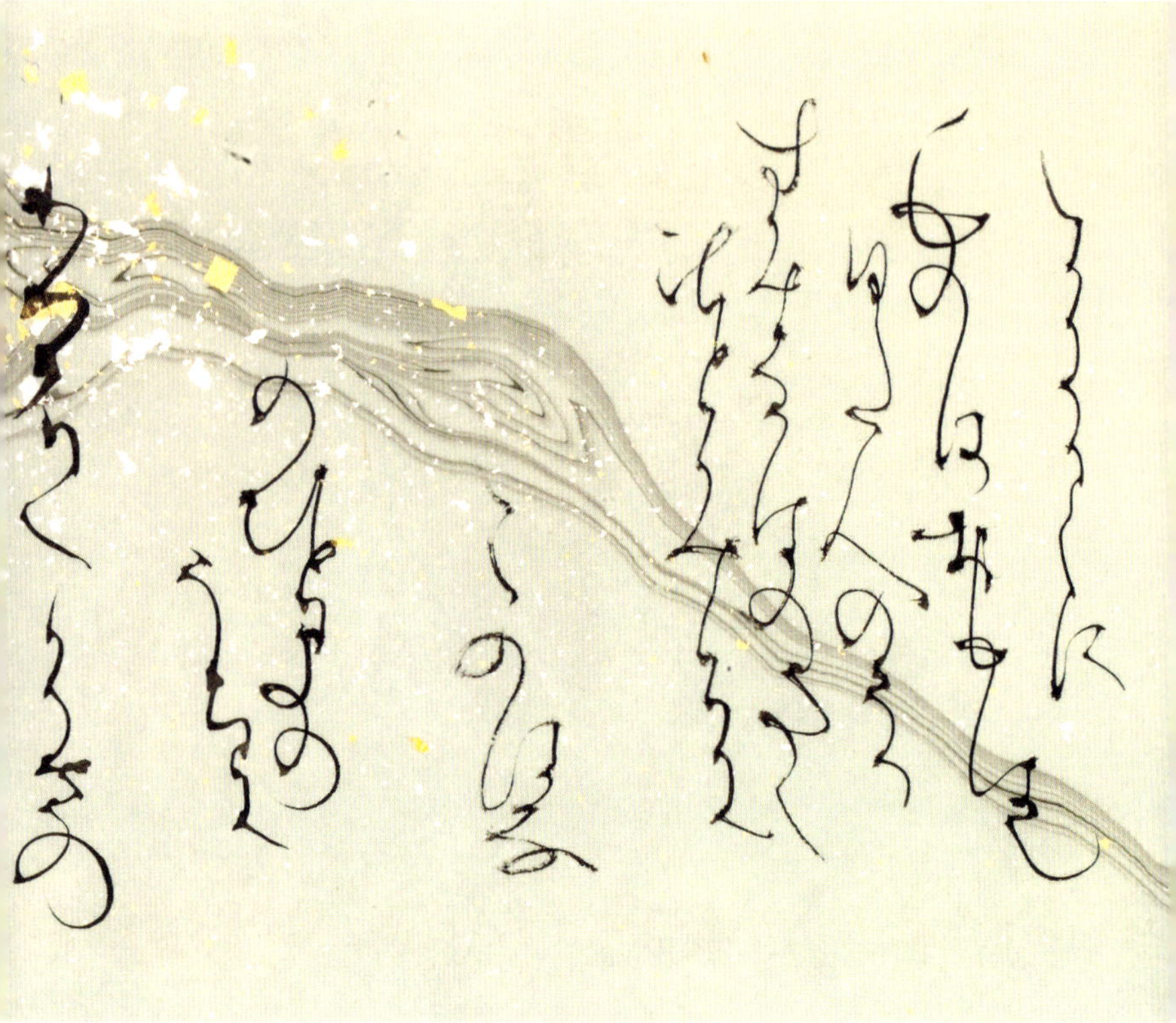

きみかよの
としのかすをは
なにしおふ
たかさこのまつ
ちとせふるとも

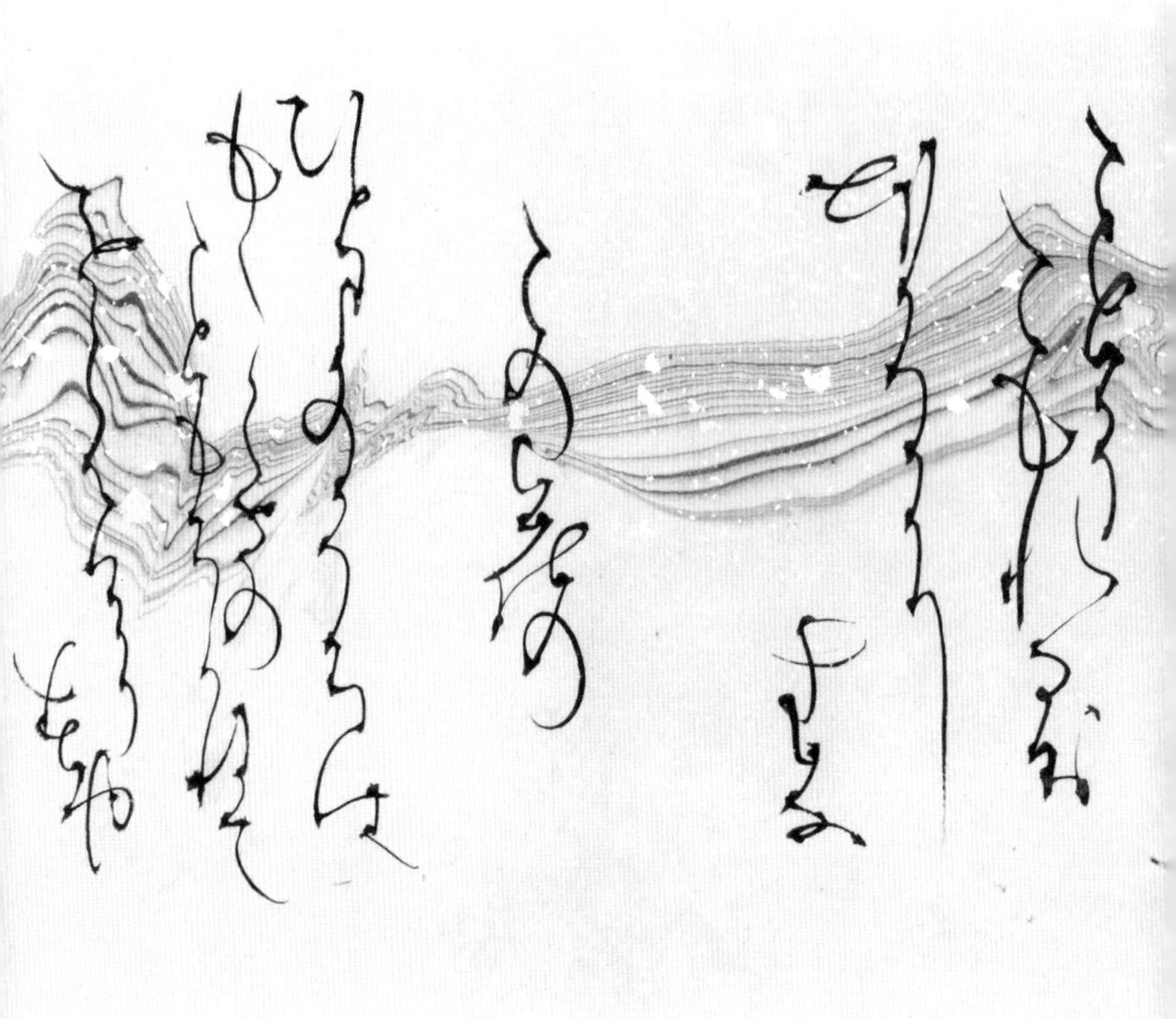

藤原《ふぢはらの》朝臣《あそみ》広嗣《ひろつぐ》が桜花《さくらばな》を娘子《をとめ》に贈る歌一首

この花《はな》の
一《ひと》よの内《うち》に
百種《ももくさ》の
言《こと》ぞ隠《こも》れる
凡《おほ》ろかにすな

（藤原広嗣　巻八の一四五六）

娘子《をとめ》が和《こた》ふる歌一首

この花《はな》の
一《ひと》よの内《うち》は
百種《ももくさ》の
言《こと》持《も》ちかねて
折《を》らへけらずや

（作者未詳　巻八の一四五七）

藤原広嗣といえば、後年藤原広嗣の乱を九州で起し、最後は捕えられて殺される運命にある人物である。これはその人物がまだ都にある時に桜花を娘子に贈った歌。そして、その返事の歌である。

おそらく、広嗣は桜の枝に歌をくくりつけて歌を贈ったのであろう。「一よの」「よ」には様々な説があるが、一説に花びらの古語とするものがある。この説にしたがえば、この花の花びらのうちにはということになる。

「百種の」はたくさんのという意味。たくさんの言葉がこもっているのですよと解釈できる。

「凡《おほ》ろかにすな」は、粗末に扱ってくださいますなの意。

藤原広嗣は、宴席などで見かけた気になる美女に桜の枝を折って、この歌を付けて贈ったのであった。

この広嗣歌の表現は、取りようによっては、たいへん高圧的な態度を反映しているともいえる。俺の気持ちがわかっているだろうな、というような高飛車な言い方に受け取れないでもない。さらに言えば、水戸黄門などに登場する悪代官よろしく、わしの気持ちがわ、わ、わかって、お、お、お、おろうものを……というような権力を笠に着た感じで、無理強いをするようなところも感じられる。

それに対して、娘子は堂々と答えている。広嗣の思わせぶりな言い方を逆手にとって、はぐらかしたのである。まさにひじ鉄をかました感じである。

しかし、万葉びとにだまされてはいけない。このような歌が交わされたということは、実は二人は周知の仲だった可能性もあるのではないか。こういう歌を贈答しあって、互いの気持ちを探り合っていたのかもしれないのである。このような歌の贈答が続けば、おそらく二人は結ばれたのではないだろうか。

それにつけても、この藤原広嗣の言い方には、なかなか意味深なところがある。花びらの中に全ての言葉が詰まっているという言い方で、「俺の気持ちは言わなくてもいいだろう、わかってくれ」と言うのだから。

対する娘子の方は、「はいはい、わかってますよ、それだけ多くの言葉があるからこそ、枝が折れたのではありませんか」と軽くいなしているのである。

この勝負、返し技で一本、娘子の勝ちだとわたしは思う。

この花の
花びらのうちには
俺さまのたくさんの言葉が詰まっている……
だから、粗末に扱ってくれるなよ。

あなたさまはわたしに
言いたいことが山のようにおありになって……
結局、桜の枝を
折られたのではございませぬか——。

八代女王《やしろのおほきみ》、天皇《てんわう》に献《たてまつ》る歌一首

君《きみ》により
言《こと》の繁《しげ》きを
故郷《ふるさと》の
明日香《あすか》の川《かは》に
みそぎしに行《ゆ》く

（八代女王　巻四の六二六）

もし、わたしが映画監督ならば、恋の噂に悩むヒロインがシャワーを全開にして、「噂なんか気にするもんか！」と言いながら水をかぶるシーンの時にこの歌を使いたいと思う。現代なら、そんなところか。

八代女王という女性の歌。題詞に天皇に献る歌とあり、聖武天皇に献られた歌である。「君により」はこの場合天皇によりということ。「言」というのは、この歌の場合、人の噂と考えることができる。明日香に都があり、そこから藤原に都が遷り、さらに平城京に都が遷ったという遷都の歴史があるので、「故郷」といえば明日香と藤原地域を指すという原則が万葉の時代にはあった。「みそぎ」というのは水をかぶって自らの汚れというようなものを除き去る行為である。この場合は、心のわだかまりを取り除こうとしたのであろう。

いちばん人の噂になりやすいのは、やはり恋の噂である。恋の噂はお茶を美味しくするので、やんややんやとはやし立てる。「もう、そんなことで思いわずらうのが嫌になった。故郷の明日香の川で、水をかぶってさっぱりしたい」と八代女王は言っているのである。

とくに天皇から愛されることは、人の噂になりやすい。なぜかというと、妬みの種になるからである。そういった妬みの気持ちを持たれた女性が、遠く離れた故郷の明日香の川に行ってみそぎをしたいという気持ちはわかるような気がする。『源氏物語』の桐壺の更衣は、この妬みによって、病気になったほどである。

実は、この歌にはもう一つのバージョンがあったようである。それは一つの替え歌で、後半が「竜田越え三津の浜辺にみそぎしに行く」と歌われたものであった。難波の三津は、現在の大阪市の住吉やその付近の港のこと。このバージョンでは、竜田越えをして、難波の三津までみそぎをしに行くと歌われていたのである。

どちらにせよ、都から遠く離れたところに行ってみそぎをしたい、ということには変わりがない。その一つが古い都である明日香、その一つがそこから多くの船が出航し、異国へつながる地、難波の三津だったわけである。どちらもみそぎにはふさわしい場所と考えられていたのであろう。

天皇のために、
人の噂が激しいので……
故郷の明日香の川に
みそぎをしにゆく！

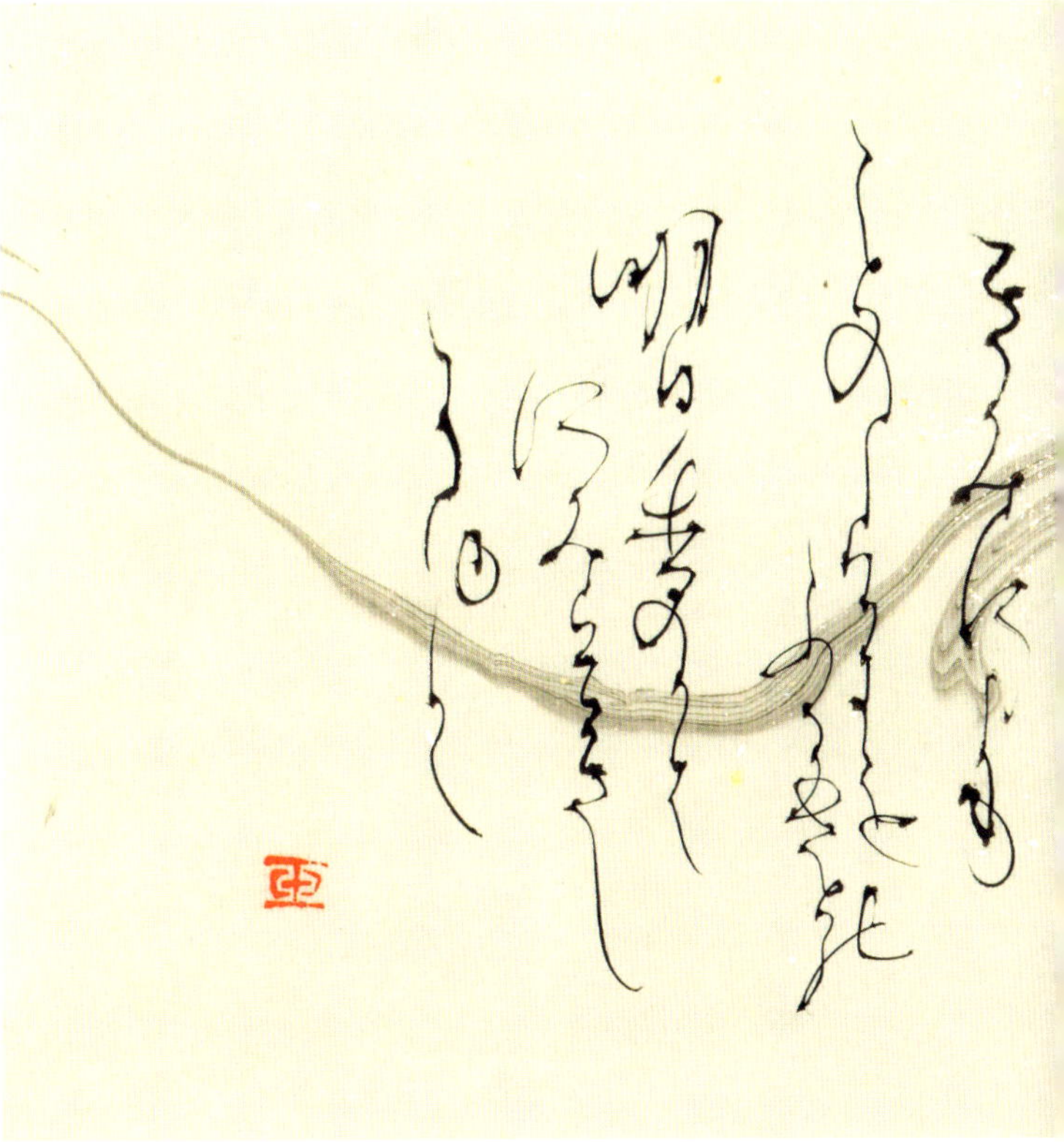

# あとがき

軽快なテンポと御自身の体験に引き寄せて解説する上野誠さんの文章は、痒い眉も、女の息も、墨縄さえ歌の言葉として在ったという事実を私にリアルに伝えてくれた。そして私に『万葉集』を書に出来る氣にさせた。

第一章では、葉書、便箋、色紙、原稿用紙など、誰にも馴染みのある用紙をえらんで書いてみた。連綿《れんめん》も多く、一見読み辛そうだけれど、活字にしたものとほとんど同じ文字を使って書いてあるので、線條をゆっくり辿ってみてほしい。第二章の十二枚は、肉筆も同寸法、これが原寸です。これには変体仮名も入っているので、読もうとしないで、ながめるくらいが辛くない。第三章は、現代の冊子型の書物の中に、巻子《かんす》型の書物をレイアウト出来ないものか、という工夫の迹。一、二章では、一首ごとに表現を完結させたが、三章では、『万葉集』が歌々の集まりであることが感じられる姿に作りたかった。

二つの印は、書友、卯中惠美子さんの刻。とても氣に入っています。

中嶋玉華

[著者略歴]

上野　誠（うえの まこと）

1960年、福岡生まれ。

国学院大学大学院修了。博士（文学）。奈良大学文学部教授。第15回上代文学会賞、第7回角川財団学芸賞など受賞。『魂の古代学』（新潮選書）、『万葉挽歌のこころ』（角川学芸出版）など著書多数。万葉文化論の立場から、歴史学・民俗学・考古学などの研究を応用した『万葉集』の新しい読み方を提案している。

中嶋玉華（なかじま ぎょくか）

1958年、東京神田生まれ。

日本大学芸術学部美術学科卒業。小山やす子に師事。現在、毎日書道展会員。日本書道美術院審査員。かな書道塾「土筆の集い」代表。

現在、我孫子市在住。

心《こころ》ときめく万葉《まんよう》の恋歌《こいうた》

二〇一二年八月二五日　初版印刷
二〇一二年九月　五　日　初版発行

著　者　上野《うえの》　誠《まこと》　中嶋《なかじま》玉華《ぎょくか》
発行者　渡邊隆男
発行所　株式会社　二玄社
東京都文京区本駒込六—二—一　〒113—0021
電話　〇三（五三九五）〇五一一
Fax.　〇三（五三九五）〇五一五
http://nigensha.co.jp

装　丁　藤本京子（表現堂）
印　刷　株式会社東京印書館
製　本　株式会社越後堂製本

ISBN978-4-544-05153-7　C0092

さことを
ゝしくも
おもひ
けるかな

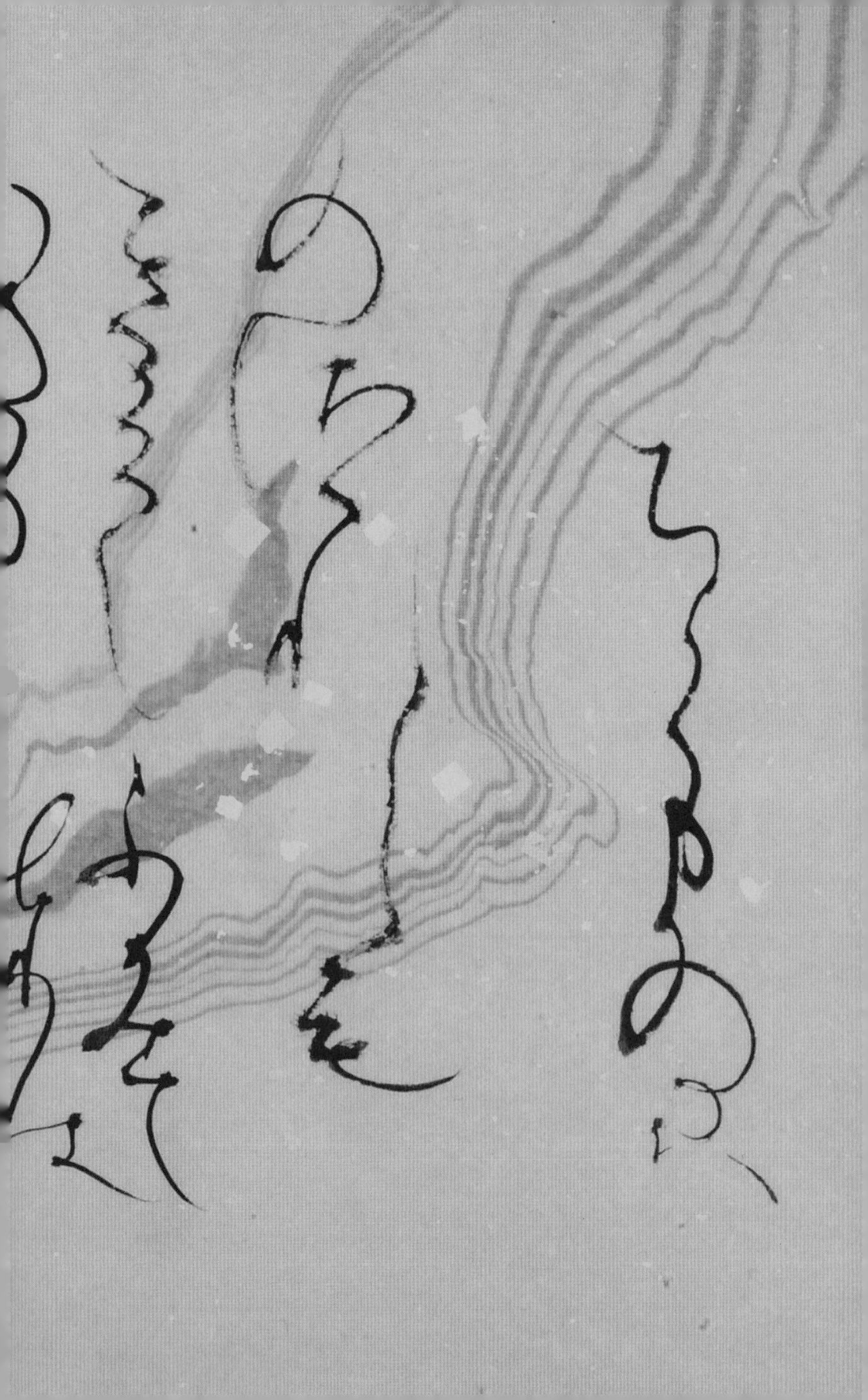